N'zid

Du même auteur

Les Hommes qui marchent
Ramsay, 1990 ; rééd. Grasset, 1997
Le Livre de Poche, 1999

Le Siècle des sauterelles
Ramsay, 1992
Le Livre de Poche, 1996

L'Interdite
Grasset, 1993
Le Livre de Poche, 1995

Des rêves et des assassins
Grasset, 1995
Le Livre de Poche, 1997

La Nuit de la lézarde
Grasset, 1998
Le Livre de Poche, 2001

MALIKA MOKEDDEM

N'zid

roman

ÉDITIONS DU SEUIL
27, rue Jacob, Paris VIe

ISBN 2-02-049136-2

www.seuil.com

Poète – tu n'écris ni le monde ni le moi
tu écris l'isthme
entre les deux.

Adonis, *Pour saluer Georges Schéhadé*

Pour ma tribu préférée :
Julienne, Marjorie et Jérémie Brabet
Lina, Alice et Vincent Steinebach
Raymonde et Joseph Adonajlo
Phyllis, Harvey, Hilary et Matisse Baumann

I

Elle bascule. Les mains battent, griffent l'air. Une douleur lui vrille le front, la tire entre deux eaux comme un poisson harponné. Le cœur s'affole. Le sang frappe. La peur lui écrase les poumons. Un tumulte, des cris lui parviennent. Elle s'en éloigne, se laisse couler. Happée par le néant, elle flotte en totale apesanteur.

Lorsqu'elle remue enfin et jette un regard par-dessus bord, la mer et le ciel sont deux lames de lumière, la grand-voile et le génois, de plomb. Rien ne bouge. Elle resserre les paupières. La torpeur la submerge et de nouveau la noie. Affalée dans le cockpit, elle ressemble à un pantin abandonné sur un manège en panne.

Une onde, sans doute celle d'un cargo lointain, soulève le lisse des eaux, fait soudain rouler le bateau. La bôme de grand-voile bondit à tribord. Bridée par l'écoute, elle revient d'un coup sec. Sa toile claque comme une gifle.

Elle sursaute, s'assied.

« *Calmasse…* »

Elle déglutit à plusieurs reprises. La langue colle au palais. Elle a soif. Devant elle, s'ouvre la gueule noire du rouf. Les bras tendus, le pas vacillant, elle se dirige vers elle, se tient aux cloisons pour descendre les marches, s'immobilise en bas, s'accroche aux parois. Sa main trouve la porte du frigo, attrape une bouteille. De l'eau lui dégouline dans le cou. La sensation de froid lui coupe le souffle. Elle s'ébroue, boit encore, se tourne vers le carré : les coussins des banquettes, un cendrier, un chapeau... gisent sur le plancher. Bouche bée, elle regarde ce chaos, s'agrippe, referme les doigts sur les choses. Ses mains les reconnaissent. Ses mains savent. Elles entreprennent d'encastrer le cendrier dans la table, emboîtent les coussins sur les dossiers des banquettes, accrochent le chapeau... Malgré ces gestes étrangement familiers, ses traits gardent leur expression perdue.

Le miroir de la cabine de bain l'arrête. Pris dans la résille du halo filtrant à travers le hublot, un visage tuméfié flotte comme dans une flaque d'eau. Un énorme hématome semblable à un champignon vineux dévore la moitié droite du front et de la joue. L'horreur la visse à cette vision. Les yeux ne cillent pas. Elle s'arrache ses vêtements. Découvrant les marbrures des épaules, des cuisses et celle qui marque la gorge, elle bondit hors de la cabine, s'empare des jumelles, se précipite sur le pont. À perte de vue, la mer et le ciel, une même peau lisse, sans indice.

Une pression dans la poitrine. Un vide trop grand ou un écrasement ? Inintelligible cauchemar. Le souffle s'accélère. Les yeux s'écarquillent. Elle court, traverse le pont, grimpe sur le balcon avant, se jette dans la mer, nage vers l'arrière du bateau encalminé, en fait deux fois le tour d'un crawl rapide, se retourne dans l'eau, repart. L'épuisement la calme peu à peu.

12

Assise sur le rebord du cockpit, les jambes pendant dans le vide, le visage dans les mains, elle ne parvient pas à réfléchir. Elle ne sait pas ce qui lui arrive. Elle se demande pourquoi le bateau ne se renverse pas sur le mât pour la protéger de la fournaise. Il n'y a pas un mouchoir d'ombre sur le pont. Elle jette un regard traqué vers le haut mât. La girouette tourne mollement sur elle-même, déboussolée par l'absence d'air.

Elle finit par se lever avec peine, regagne l'intérieur du rouf. Ce papier... posé sous un cendrier, là en évidence sur la table à cartes, elle l'a déjà vu en passant. Elle s'en approche avec méfiance, s'appuie à la table, l'observe. C'est un mot griffonné à la hâte. Elle lit, sans saisir le papier : « Pas le choix ! Pardonne-moi. J'ai pu les convaincre que tu ne savais rien, obtenir qu'ils te laissent en vie. Quitte ces eaux ! Dans le coffre avant : des faux papiers, un fusil ! À bientôt. » Une seule lettre signe ce mot « J ». Autour d'elle, le silence semble avoir claqué le ciel sur la mer. Pas un craquement du bateau, pas un froissement d'eau ne viennent soulager sa tension. Elle fixe d'un air bête le J qui signe ce mot sans parvenir à deviner les lettres manquantes :
– J, J... J ?

Le livre de bord lui apprend qu'elle navigue entre le Péloponnèse et le bas de la botte italienne. Coup d'œil au cadran de la montre. Le dernier relevé date d'un peu plus d'une heure seulement. L'aiguille de l'anémomètre est collée à cinq nœuds. Celle du loch oscille entre un et deux. Le baromètre est au beau. Le compas indique plein ouest. Le pilote automatique couine de loin en loin sans forcer.

Elle enregistre ces renseignements sur sa position, sa navigation, mais reste égarée à elle-même.

Elle se remet à déambuler à l'intérieur du bateau. Un sac à main dépasse d'une équipée. Elle le prend, l'ouvre, constate son désordre. Assise dans le carré, le sac sur les genoux, elle considère avec attention chaque objet sorti avant de le poser devant elle sur la table. Un poudrier. Un rouge à lèvre. Le bâton est brun. Elle passe le dos d'une main sur sa bouche. Aucune trace. Elle continue. Un mouchoir sans initiales. Un ticket de cinéma daté du 26 juin. Le nom du cinéma, *La Clef*. Un agenda dont les noms ne lui rappellent rien. Deux stylos, l'un à plume, l'autre, un roller. Aucune pièce d'identité. Ni chéquier. Ni carte bleue. Quelques billets de banque dans le portefeuille. Une photo : un homme et une femme. La femme ! C'est celle du miroir, hématome en moins. L'homme est basané, presque noir, grand. Au fond du sac, une croix du Sud en argent massif, ornée de motifs touareg et montée en pendentif sur un fin ruban noir. La croix du Sud lui remplit la main, lourde, indéchiffrable. Elle pose l'autre main sur elle et ferme les paupières. Le sang chauffe, monte à la tête avec un ballottement sous les cheveux. Abandonnant le sac, elle va déposer la photo et le bijou sur la table à cartes, revoit la missive :

« Il a dit dans le coffre avant ? »

Avec des gestes à présent saccadés, elle enlève les mousses de la couchette, le couvercle du coffre, jette tout dans le carré, découvre une mallette : une carte d'identité et un passeport sont au nom de Myriam Dors, née en 54 à Colombes, domiciliée rue Mouffetard à Paris. Le visage sur les photos d'identité, le même. Celui du miroir. Celui de la photo de vacances. Mais le nom comme le prénom ne lui disent absolument rien.

nom sur les papiers fausses.

« *Myriam Dors ?* »

Le bateau, lui, a été rebaptisé *L'Aimée.* Son livret en main, elle tend l'oreille comme si elle s'attendait à ce que la coque lui murmurât son vrai nom. Il ne lui vient pas. Elle remet à plus tard son identification et continue à explorer le contenu de la mallette. Sous un paquet de lettres adhésives, reposent, soigneusement rangées, des liasses de billets de banque. Une voile parachute tapisse le coffre, formant un froissé blanc sur lequel se découpent les lignes sombres d'un fusil. Un gros calibre.

Tout à coup, elle a froid. Elle sent son corps de fer froid. Elle ne peut plus bouger. Elle sait qu'il y a un danger sur le bateau. Mais elle a beau se concentrer, elle ne parvient pas à le deviner. Elle ne sait pas ce qu'elle cherche, ce qu'elle doit rechercher. Des armes ? De la drogue ? De rage, elle fouille tous les coffres les uns après les autres, vide leur contenu en vrac dans le carré, s'attaque ensuite aux équipées. Le sang bat dans sa tête. Sa transe dévaste le bateau. Exténuée, elle s'échoue de nouveau sur les marches du rouf. Les yeux agrandis balaient le champ de bataille devant elle. À présent, son calme s'apparente à de l'abattement. Maintenant elle sait. Quelque chose s'est détraqué dans sa tête. Elle sait qu'elle ne se souvient plus de rien.

Elle sort une chemise et un short de la penderie, s'habille, les yeux rivés au miroir et dit :
— Myriam. Myriam. Myriam...
Juste pour entendre, réapprendre le son de sa voix. Car le prénom ne lui évoque rien. Il est comme un passe. Il pourrait lui ouvrir n'importe laquelle des identités des deux rives. Il pourrait la rattacher à tant de pays qu'il confine à la négation. Il lui reste une langue. Celle de la lettre, des faux papiers, des cartes de navigation, des livres de la bibliothèque... En parle-t-elle d'autres ? Par quel lien la tient celle-là ? Celui du sang ? D'une guerre ? D'une dissidence ? Du métissage d'un exil ? Quoi qu'il en soit, la langue nourricière n'est pas forcément celle de la mère. Ça, elle ne l'a pas oublié.

Munie d'un couteau, elle gratte à regret le vrai nom du bateau, « Tramontane ». Il se décolle par lambeaux mais demeure inscrit en creux. Même l'usage d'un flacon de dissolvant trouvé dans la cabine de bain ne permet pas de l'effacer complètement. Il reste comme un tatouage, d'une tonalité plus claire, de la coque. Mais les lettres adhésives, préparées à cet effet par J., sont plus grosses. Bientôt « L'Aimée » couvre l'empreinte de « Tramontane ». Songeuse, elle examine le résultat. Une superstition de marin lui revient. Elle la formule à haute voix avec une pointe de sarcasme :
— Ça porte malheur de changer le nom d'un bateau !

16

Elle réalise soudain que l'idée d'enfreindre les
directives de J. ne l'effleure même pas. Ce qu'une telle
confiance suppose la laisse pantelante. La douleur,
la peur structurée lui manquent. Lui manque leur terrible intensité qui l'aurait écrabouillée au plus fort de
l'existence. Lui manque la consistance requise pour
être brisée. Elle, elle a été effacée. Elle est comme un
fantôme qui aurait oublié de déterrer son histoire. Elle
n'a plus rien à hanter. Même le présent n'a de tangible
que les élancements lancinants de ses tempes, le froissé
des voiles encalminées et la mer, blessure vive de
lumière. Elle porte les mains à la tête et caresse la bosse
du front.

Debout dans la jupe du bateau, elle ressasse son nom :
« Tramontane, Tramontane, Tramontane. » Un tumulte
de chênes verts et de pins lui monte à la tête. La tramontane est tiède d'avoir crapahuté de vallées oubliées
par les eaux en rocailles où l'été brûle encore. Elle sent
la garrigue. Un mélange d'aromates et de résineux dans
les narines, elle se voit courir entre des vignes gorgées
de sang. Devant elle un vol d'étourneaux tourbillonne,
enfume l'azur. Une voix d'homme se visse dans ses tym-
pans. C'est une voix rieuse. Assourdie par les rafales,
elle l'appelle sans qu'elle puisse distinguer le prénom.
Elle ferme les yeux. La voix s'esclaffe et la poursuit.
Est-ce celle de son père ? De J. ? Elle se tient aux haubans pour ne pas tomber à la renverse, terrassée par le
désespoir, et crie :

– J. J. J. ? Jamil ? Jean ? Joan ? Joachim ?
Accrochée aux haubans, dont les câbles lui cisaillent

les mains, elle sent le vide l'aspirer de nouveau, sent tourner en elle la scansion de ce mot :
« *Tramontane, tramontane, tramontane.* »
Le souffle du vent la reprend. L'emporte vers un autre paysage, une autre saison. Ses bourrasques s'écrasent sur des vallons pelés avec des hurlements hallucinants. Plus bas, des paquets de mer explosent sur les rochers. Des tornades d'écume et d'embruns s'élancent à l'assaut des falaises. La lumière est incisive. Sur l'indigo du ciel s'étirent avec insolence trois ou quatre nuages en os de seiche. Courbée contre le vent dont le froid lui brûle le visage et les mains, elle regarde, immobile, la folie de la mer. Les embruns plantent dans sa peau leurs échardes de sel. Elle serre davantage les yeux, se concentre sur cette sensation et, dans une illumination, murmure :
– Le Créous !
Elle a utilisé la prononciation catalane du cap Creus, « *le Horn de la Méditerranée* ». L'expression s'impose à elle, la bouleverse. Elle se torture vainement à en chercher la genèse. Tramontane dedans, elle ouvre les yeux sur le calme des eaux. D'une main lasse, elle palpe son front et dit à la mer :
– Heureusement tu es là, toi.
Mélancolie, peur et colère se disputent ses pensées, vite balayées par la stupeur. Cette humeur labile achève sa désorientation. Pour échapper au tournis, elle s'applique à parer aux exigences du moment, s'impose un impératif : mettre la plus grande distance possible entre elle et ce… Elle ne sait comment qualifier J.

18

Pendant une fraction de seconde, elle songe à envoyer le spi. Un bref coup d'œil vers le haut du mât suffit à l'en dissuader : la girouette tourne sur elle-même de trois cent soixante degrés. Les voiles pendent au-dessus des eaux repassées. Elle ne connaît que trop bien ces calmes de la Méditerranée après lesquels la traîtresse peut se déchaîner avec une rare furie. Un coup de jauge au réservoir, à ras bord, aux deux jerrycans placés dans le coffre arrière, pleins eux aussi, elle enroule le génois, borde la grand-voile et se résout à mettre le moteur en marche. Elle se réjouit même d'entendre son ronronnement et en accélère la cadence.

En feuilletant le livre de bord, elle apprend que le bateau a été emmené en Grèce au printemps dernier. Parti du golfe du Lion, de Port-Camargue plus précisément, il a gagné la mer Égée en quelques escales d'une nuit, ici et là. Après un séjour de trois jours à Bodrum, il a navigué dans les eaux de l'archipel du Dodécanèse jusqu'à Rhodes. Encore une étape à Chypre, puis il a mis le cap sur l'Égypte pour une relâche de près d'un mois. Ensuite, il est remonté aussi rapidement à travers les Cyclades jusqu'au golfe de Corinthe pour une autre station à Athènes.

Les longs périples menés tambour battant entre Port-Camargue, Athènes, Chypre et Le Caire l'intriguent. Ils lui semblent plutôt tenir de la course avec escales que de l'allure habituelle de la plaisance :

« *Est-ce que tu étais du voyage ?* »

L'été, le meltem déferle avec violence sur cette partie de la Méditerranée, la transformant en écumoire. Vent dans le nez, la remontée de l'Égée ne peut se faire qu'en tirant des bords sur une mer hachée. Une pratique sportive de la voile qui rebute les adeptes du farniente. Aussi beaucoup de plaisanciers préfèrent-ils passer cette saison entre le golfe de Corinthe et les mers Ionienne et Adriatique. Le printemps est plus propice à la navigation dans l'Égée... Elle sait tout cela : « *Est-ce que tu y étais ?* »

Une image pourchasse l'autre. Elle voit le rivage turc aux calanques profondes. Elle voit s'y entrelacer les ombres et les lumières. Les franges sombres des bois de pins parasols serties par la blancheur des plages. Les fluorescences jade, turquoise et opale des criques. Le cristal de l'atmosphère. Elle voit le saphir des îles grecques dans l'écrin des eaux. Elle voit les anses fermées où dansent trois ou quatre barques de pêche. Elle voit les couleurs vives des barques. Elle voit les hameaux et villages haut perchés, suspendus entre ciel et mer. Des odeurs s'en mêlent. Celles du genêt, de la sauge, du myrte et du romarin entêtent les sentiers, des rochers léchés par la mer aux pitons où corne le vent. Elle sent celles un peu âcres des géraniums, du lait de figuier, braisées par la chaleur des pierres des terrasses. Elle sent celles des aubergines et des poivrons aux fenêtres des cuisines. Elle sent les viandes grillées des uniques gargotes. Elle entend leurs grésils. Cette rétrospective tisse en elle une touffeur animale. Elle éprouve le plus grand mal à s'en ébrouer pour reprendre son investigation sur l'itinéraire du voilier.

Le bateau a quitté Athènes quatre jours auparavant pour les îles de la mer Ionienne : Corfou, Ithaque puis Céphalonie. C'est de celle-ci qu'il est parti ce matin même, 2 juillet, à l'aube, cap vers le sud-ouest comme s'il se rendait en Tunisie. Sa route a été déviée de quinze degrés, en début d'après-midi, en direction du détroit de Messine.

Elle examine la peau de ses bras, ne lui trouve pas le buriné des longs séjours en mer :

« *Quatre à cinq jours. Oui. Pas plus. Ça colle.* »

Elle continue à parcourir les pages du livre de bord, y apprend qu'à quelques exceptions près, des lieux dangereux ou du moins peu favorables à la voile, la Méditerranée n'a pas de secret pour le bateau. Pour elle non plus.

« *Qu'est-ce que... Cette voix ? Elle court dans la tête. Elle dit "elle" ?* »

Elle voudrait que la voix se taise. Elle a mal au crâne. À chaque mouvement, elle sent un ballottement visqueux dans son cerveau et craint qu'il ne lui goutte au nez. La nausée lui soulève le cœur. Elle voudrait voir le bateau s'envoler, si seulement elle savait où aller. Exaspérée, elle abandonne le livre de bord, s'empare de la carte globale de la Méditerranée, scrute les noms des pays. Certains lui sont plus chers que d'autres. Elle ignore pourquoi. Assaillie par des intuitions fugaces ou troublantes, le nez collé à la carte, le souffle haletant et le regard dérivant sur le pourtour de la mer, elle prend conscience du rocambolesque de sa quête :

« *Tu es en mer. Pas au marché. Tu ne peux pas acheter un pays à sa mine sur une carte. Tu ne peux pas.* »

Elle continue à fixer la carte. Mais si elle devait, si elle pouvait se donner un pays, lequel choisirait-elle ? Un petit rond, tracé au crayon, sur la côte algérienne attire son attention. L'Algérie ? L'Égypte ? Israël ? Elle stoppe là l'énoncé des noms de pays et tressaille. Pourquoi cette question se dérobe-t-elle ? Parce que a priori elle ne suppose, ne supporte jamais de choix ? Elle pense à l'ambiguïté avec laquelle se débrouillent tous ceux qui portent en eux plusieurs terres écartelées. Tous ceux qui vivent entre revendications et ruptures. Avec un petit rire de dérision, elle se dit :

« *Ils n'ont qu'à aller à la mer comme toi, comme toutes les épaves. La mer est douce pour les épaves.* »

Elle se revendique de la communauté des épaves, jetées à l'eau par les confluents de l'absence et du désarroi. Elle les observe toujours avec ravissement. La mer les porte sans plus rien leur demander. Sans rien leur demander, elle les saoule, les racle, les décape de tout. Plus de passé. Plus de terre. Même plus leur nostalgie. Os ou bois flottés, délavés. Comme une indéfinissable dérive de la détresse à l'abandon. Avant le plein flot de l'oubli.

Elle se renfrogne et ses traits se crispent. Pourquoi ? Comment sa mémoire est-elle ainsi devenue ? Pareille à un tissu mité. Des trous à la place de l'intime. Des bouts de savoir élimé. Des images, des odeurs et des vents. Des éclats d'émotions. Elle en reste songeuse :

« *Ton épiderme a dévoré ton cerveau. Bientôt, il va te pousser une fourrure ou des écailles sur la peau !* »

Le vide dans la poitrine. Elle se ressaisit, se cabre,

repense à la tramontane, plante son index sur la carte à l'emplacement du cap Creus, au nord de l'Espagne, et triomphe du désarroi :

« *Tu vas aller là !* »

Sous le cap Creus, elle lit le nom d'un village : Cadaqués, répète :

– Cadaqués, Cadaqués...

Elle a maintenant un but. Elle peut envisager les étapes intermédiaires. Les ports les plus proches sont à vingt-quatre heures de navigation. Reggio de Calabre ? Messine ? Catane ? D'un hochement de tête, elle écarte ces destinations.

– Syracuse !

Compas et règle de Kraft en main, elle découvre qu'elle se dirige droit sur ce port de Sicile. Décidément J. a tout prévu. Seule surprise, la défaillance de sa mémoire.

« *Et lui ? Où est-il ? Qui est-il ?* »

Elle saute à l'intérieur du bateau, allume la VHF, la laisse en veille, canal seize. La radio grésille sans rien émettre. Elle préfère se savoir seule dans cette partie de la mer.

Une mèche de cheveux agace ses yeux. D'un doigt impatient elle l'emprisonne derrière l'oreille et sursaute. Une petite brise, venu du nord, ride la surface de la mer depuis un moment. Toute à ses investigations, elle ne s'en était pas rendu compte. Elle s'empresse de dérouler le génois, largue la grand-voile, stoppe le moteur. La brise forcit, la contraignant à ajuster le réglage des voiles, finit par s'établir. Le clapotis contre la coque, le souffle de l'air sur les voiles la réconfortent un peu. Vent au travers, le bateau file à sept nœuds.

Debout à l'avant du voilier, elle observe les voiles gonflées à souhait, sans faseyer. L'étrave se soulève, décolle en dégoulinant, replonge, cisaille la surface de l'eau, en ressort le mufle fumant. De l'écume s'enroule sur les côtés en grosses bacchantes chuintantes. La mer occupe l'espace et le temps, les confond en une même sidération de la lumière

Lorsqu'elle se retourne pour observer son sillage, elle aperçoit loin derrière un bateau à moteur. Elle se hâte de ramasser ses cheveux, de les cacher sous sa grande casquette, enfile un jean sur son short pour se donner une silhouette masculine. Ainsi parée, elle fait le tour du pont sans s'attarder, s'engouffre dans le bateau, s'attelle minutieusement au rangement de la pagaille que sa fouille y avait laissée. Elle porte une attention particulière à chaque objet, à son emplacement, et tente de se convaincre que c'est peut-être là une autre façon de chercher, de mieux percevoir.

Plus d'une heure de recension fiévreuse pour de maigres indices : un trousseau de grosses clefs, apparemment celles d'une maison, porte l'inscription « Solénara ». Une pipe. Une boîte de tabac Collector's dont elle respire l'odeur à la fois douce et épicée. Sans souvenir particulier. Du papier Canson. Des carnets à dessin. Des fusains. Une multitude de crayons. Toutes sortes de peintures et de gouaches. Une paire de lunettes

24

pour myope. Pas d'autres photos, ni lettres. Les noms de son agenda forment une mosaïque dont les consonances proviennent des cinq continents. Elle a beau les lire attentivement, ils ne lui parlent pas plus que ceux qui s'alignent dans n'importe quel annuaire... Elle considère son butin avec perplexité, fait tinter le jeu de clefs dans sa main :

« *Solénara ? Solénara ? En Espagne... Au cap Creus ? À Cadaqués ?* »

Abattue, elle se rend compte qu'elle ne peut pas comprendre ce que lui racontent les choses sans le récit intriqué de sa propre vie. La vue des objets n'évoque rien de tangible sans les résonances du passé. Elle, elle n'a plus que des sensations, des réflexes de décérébrée.

« *Il doit y avoir une foule d'éléments. Comme les noms du calepin. Écrits de ta main. Tu ne sais pas les reconnaître parce ce que tu t'es perdue à toi-même.* »

Seule consolation de cet exercice, de ce jeu de piste, une réflexion encore fragile, soumise aux lubies des décharges émotionnelles, commence à cheminer dans le brouillard de son esprit.

Elle décide de prendre une carte, le livre de bord et de s'installer dans le cockpit pour réfléchir. La vue de la mer l'apaise. Elle ne lui est pas seulement familière. Elle est un immense cœur au rythme duquel bat le sien. En la regardant, elle rêve encore d'elle. Elle fait partie d'elle. Patrie matrice. Flux des exils. Sang bleu du globe entre ses terres d'exode.

II

Les yeux à l'horizon, elle constate avec stupéfaction que le bateau à moteur est toujours derrière, à la même distance.

« *Les lunettes !* »

Elle se souvient de la paire aperçue tout à l'heure. Sautant à l'intérieur, elle les pose sur son nez et regagne le pont.

« *Gros engin. Il aurait dû te doubler depuis long-temps !* »

Tenaillée par l'appréhension, elle se laisse tomber sur le rouf, les yeux rivés sur son suiveur sans parvenir à en distinguer la couleur. Il n'a pas l'allure d'un bateau de pêche. C'est une grosse vedette. Celle de douaniers ? N'y tenant plus, elle saisit les jumelles, se dresse sur le pont. À l'instant précis où elle les porte aux yeux, un rire tonitruant fait exploser la VHF. Elle sursaute. Les jumelles manquent lui échapper des mains. Leur anse passée autour du cou, elle se couche sur le rouf et tend l'oreille vers la radio. Après quelques secondes de silence, un grognement incompréhensible grésille sur les ondes. Puis, plus rien. C'était une voix d'homme, certainement avinée, car elle était à la fois rauque et pâteuse. Assise sur le rouf, ramassée sur elle-même, aux aguets, elle essaie de se raisonner :

« *Des nababs. Ils se sont arrêtés pour nager. Faire la nouba. Une flopée de marins vont les conduire vers un port de luxe. Ont dû téléphoner à l'autre bout du monde. Juste pour frimer.* »

En reprenant les jumelles, elle remarque en effet l'absence des geysers que soulève la vitesse habituelle d'un tel monstre. Mais si le bateau était arrêté, il aurait disparu à l'horizon. Elle en déduit qu'ils ont dû régler leur allure sur la sienne.

« *Qui sont-ils ? Que te veulent-ils ?* »

Elle décide d'en avoir le cœur net, de savoir s'ils sont en train de l'épier. Descendant à l'intérieur du voilier, elle décroche le combiné de la VHF, tire sur le serpentin du fil, se met debout sur la dernière marche. Tournée vers le bateau, jumelles aux yeux, elle hésite à lancer un appel radio. Un frisson lui grippe le dos lorsqu'elle voit la vedette décrire une courbe à pleins gaz, rebrousser chemin et disparaître derrière des gerbes d'eau. Le soleil, à présent rasant, allume d'une fluorescence rosée la nébuleuse qui s'éloigne

Lunettes et jumelles jetées sur la table à cartes, elle s'écroule dans le cockpit et éclate en sanglots. Elle ne pleure pas longtemps. Des questions, des déductions étranglent les larmes dans sa gorge :

« *Pourquoi tu as eu si peur ? Ce bateau ne te surveillait peut-être pas… Sans doute des amateurs de pêche au gros. Ils ont fait demi-tour lorsqu'ils en ont eu assez. Le rire pouvait provenir de n'importe où. D'un cargo.* »

La coïncidence avec ses propres gestes, le virage instantanément pris par la vedette, restent troublants.
Mais c'est surtout cette panique irraisonnée, la façon
dont elle lui a scié les jambes, qui la tourmente. Elle
frissonne au soupçon que le naufrage de sa mémoire
aurait englouti en elle des faits terrifiants :

« *Tu as peur de ta peur !* »

Elle prononce « J. » d'une voix assourdie, pense « gît ».
Malgré la douceur de sa sonorité, la lettre cache une
sourde menace. Elle demeure comme une arête piquée
dans sa gorge qu'elle ne parvient ni à avaler ni à recracher. Sentant l'épouvante la regagner, elle se rencogne
contre le rouf, prend la mer à témoin :

– Rien savoir ! Pas de pays. Pas d'amour. Mémoire
déchargée. Du vent, du vent !

La joue posée contre le rebord du cockpit, elle
se laisse envahir par les remous du sang se mêlant
dans son oreille à ceux de l'eau contre la coque. Les
deux bruissements fusionnent, l'habitent, l'enveloppent. Leurs flux et reflux la remplissent, distendent
les limites de sa peau, la vident. Leurs tourbillons
l'étourdissent. Elle fait corps avec le bateau, éprouve
avec réconfort la dureté de sa coque contre le cartilage
de son oreille, contre les os de sa mâchoire, de son
épaule et de sa hanche. Elle perçoit la tension des
voiles, les vibrations des haubans comme des prolon-
gements d'elle-même, se pelotonne dans cette sensation. Où a-t-elle entendu l'absurde analogie entre ce
sentiment et celui de l'embryon dans son liquide
amniotique ?

« *Niaiserie. Il n'y a pas plus suspect que cette idée de bien-être fœtal.* »

Cette pensée lui noue la gorge. Elle lève la tête, lape l'air, regarde le rougeoiement des eaux aux lueurs du couchant, la boule incandescente du soleil. Elle se représente sa mémoire à l'image de la mer. Une fausse impression de vide afin d'égarer, de berner. Des monstres guettent tapis tout au fond.

Des dauphins se mettent à sauter autour du bateau. Habituellement leur venue est toujours un moment de joie. Elle ne bouge pas. La respiration rouille et or de la mer l'absorbe de nouveau. Elle glisse, se laisse envahir par la vision, le ruissellement de l'eau sans plus de projection. Redevenue moire sans mémoire, la mer la remplit, navigue en elle. Toutes rives larguées, elle rivalise avec le ciel, dévalise ses lumières. La mer et le ciel, face-à-face aveugle.

Elle allume le poste radio, tourne le bouton, dérive de langue en langue. L'arabe la remue étrangement. Des expressions, des jurons, des mots doux, des gros, jaillissent d'elle en écho. Langue avalanche. Elle l'avale. Joies et sanglots soudés. Elle fuit, tourne le bouton en tremblant. L'anglais la fauche avec la même douce violence :

« *C'est à cause de ton vide. Le moindre son te remplit de vibrations comme une grotte. Forcément. L'arabe et l'anglais ? Pourquoi ? Et toi, où es-tu ?* »

Elle revient vers eux, les réécoute. Pas de doute. Ils sont en elle, dans sa chair et dans ses nerfs. Le bouton de la radio tourne, cherche encore des accrocs à une vie qui se dérobe et dérape. L'écoute de l'espagnol et de l'italien l'apaisent. Mais si elle en reconnaît les sonorités, ils ne l'envahissent pas. Elle découvre qu'elle en possède quelques rudiments. Juste de quoi faire des courses, décrypter la météo marine, les informations. Un usage sans doute forgé par les longues fréquentations en bateau. Cette proximité immédiate du monde la revigore et l'effraie :

« *Tu ne vas pas t'en tirer comme ça. La mer n'est qu'un sursis.* »

La météo marine, en italien, dite par une douce voix féminine s'égrène comme un poème à la mer. La régularité du bruit de l'eau sur la coque lui revient dans le solo d'un luth. Des gammes errantes, appels d'un luth esseulé, hantent sa tête. Soudain une voix d'homme, une voix rauque, étouffée par la rumeur de la mer, demande :

– N'zid[1] ?

Elle répond d'un signe de tête que l'imploration des yeux transforme en supplique muette. Les roulades du luth reprennent, vibrent dans le bateau, le transforment en luth plaqué sur le ventre de la mer. Il joue sur ses fibres et tourmente son sang. Le ballottement de sa tête s'accroît avec l'effort de concentration, couvre tous les sons. Elle se crispe, prie :

– Zid ! Zid ! Zid ! Continue ! Continue ! Continue !

Mais le luth s'est tu. Elle balbutie :

– N'zid ? C'était qui ?

---

1. *N'zid ?* : signifie ici « je continue ? », et aussi « je nais », en arabe.

Dans le réfrigérateur elle trouve du vin résiné, s'en sert un verre, rejoint le cockpit. Tout en le sirotant, elle tourne sur elle-même en fouillant la mer. Tout à coup, avec l'effarement du regard du chat qui s'immobilise offrant la totalité de la pupille à l'impression d'une seule image arrêtée, elle fixe les incandescences du couchant. Déposant son verre, elle saisit la carte restée à proximité, la retourne, s'empare d'un crayon, commence à dessiner. L'astre solaire devient un œil à la fois hilare et narquois. Quelques touches suffisent à le croquer en poulpe géant occupé à enfourner les eaux prises entre ses tentacules de feu. La mer entière est réduite à une petite méduse rôtie qu'il gobe avec délectation. L'œil plonge, s'enfonce progressivement. Après un dernier regard farceur, il disparaît, écrasant ciel et mer dans le même sang. De planche en planche, le dessin se fait cursif, accorde les lumières jusqu'à leur disparition.

Elle lève la tête, observe ses croquis avec curiosité, pense aux carnets à dessin, divers formats et grains de papiers, fusains, gouaches et couleurs trouvés tout à l'heure. Elle bondit à l'intérieur du bateau, s'empare d'un carnet, l'ouvre, regarde la mer et prononce avec exaltation :

– Hagitec-magitec !

Sa main reste en suspens. Ces paroles ont éclaté dans sa bouche comme des bulles sans que son esprit en saisisse la signification. Elle hausse les épaules avant de se pencher de nouveau sur le blanc du papier :

« *Zid ! Zid ! continue ! continue !* »

Elle dessine la mer, son relief à l'envers derrière l'étain de son miroir. Ses abîmes pour naufrages, fantômes et mystères. Ses dentelles de corail. Ses parures d'écailles. Ses chevelures d'algues. Ses sexes d'anémones. En trois coups de crayon, elle la dresse en lames à la démence du vent. Des déferlantes à assourdir, hypnotiser les plus forts hurlants qu'elle s'en va coucher dans le feuillage des eucalyptus et des pins. Dans les touffes de genêts de quelque récif. Elle l'esquisse quand elle nargue la folie des hommes, lisse de silence étincelant. Elle réinvente ses rivages, calices du monde, où boivent à l'unisson les soifs de toute terre. Sans jamais s'étancher. Elle creuse son oubli profond où même le ciel se noie. La mer, quand elle sombre dans la nuit pour faire naviguer les bateaux parmi les étoiles.

L'ensemble forme une bande dessinée orchestrée par le poulpe Soleil. Trônant à l'angle de chaque planche, il donne toutes les lumières de l'aube au couchant, par tous les temps, d'un seul mouvement de paupière. Le soufflet de ses joues, l'anneau de sa bouche commandent aux vents. Les humeurs et les farces du poulpe Soleil pour unique légende.

Combien de temps a-t-elle été happée par la fièvre de ses doigts et de son imagination ? La chair de poule électrise sa peau jusque sous les cheveux. Des larmes de joie remplissent ses yeux. Elle sait qu'elle vient de retrouver là le meilleur d'elle-même. L'obscurité la contraint à s'arrêter. Après un moment d'hésitation, elle intitule l'ensemble : « Voie d'eau ».

Elle n'a plus peur maintenant.

La nuit a éteint les infinis, s'est refermée sur elle, réduisant son univers au corps à corps du bateau et de l'eau, à sa confrontation avec des questions, des déductions :

« Est-ce que tu iras voir les flics à Syracuse ? Avec le vrai nom du bateau, Tramontane, et son immatriculation à Sète, c'est un jeu d'enfant de retrouver l'identité du propriétaire ! Pourquoi tu n'y as pas pensé plus tôt ?... Le bateau est à toi, n'est-ce pas ? »

L'évidence la bouleverse au point de la replonger dans un blanc total. Elle doit se faire violence pour reprendre le fil de la réflexion :

« En tout cas, tu t'éviterais des tas d'emmerdes en allant toi-même à la capitainerie de Sète. Et en fermant la gueule. »

Elle courbe le dos, empoigne les lattes du cockpit, les serre, colle ses plantes de pied comme des ventouses au bois du caillebotis. Ces saccades du sang dans les tempes, dans la poitrine... Ce n'est pas une lubie. Un instinct se cabre en elle, résiste, plus fort que toute autre crainte. Elle ne cherche plus à comprendre. Elle pressent que l'oubli est sans doute une chance, un don indu, une terreur provisoirement écartée.

Elle dénoue ses doigts des lattes, inspire profondément, libère sa poitrine, laisse errer son regard alentour. La mer est d'encre, rétrécie par la nuit aux dimensions d'un berceau. Sommeil balancé entre des rêves engloutis. L'abondance du plancton cisèle le sillage en queue de comète. Le ciel est une éruption d'étoiles.

« *Faudra que tu ailles consulter un toubib.* »

L'apparition d'une lumière au loin l'arrache à ses réflexions. Elle songe qu'elle devrait se signaler par ses propres feux mais demeure immobile à surveiller la progression du navire. Longtemps après l'avoir croisé, elle se décide enfin à bouger, à allumer les feux de route, ceux du mât, ainsi qu'une torche pour le cockpit.

Durant un instant, elle lutte contre l'envie de se remettre à dessiner. Peine perdue. Une pulsion, une nécessité de la respiration plus forte que les tenailles de l'angoisse et du désarroi l'emporte. Reprenant crayons, gouaches et carnets, elle prononce une nouvelle fois :

– Hagitec-magitec !

Puis, elle abandonne ses doigts à la transe des couleurs et peint l'histoire d'une méduse amoureuse d'un oursin. Un sédentaire des plus barricadés qui ne la regarde même pas. Vissé à son rocher, au milieu d'une tribu hérissée, il ignore totalement la subtilité des reflets de sa peau diaphane. Il s'en est fallu de peu que son ballet de séduction, autour de lui, ne tourne en danse macabre. Elle a failli se déchiqueter sur les piques de la communauté. Elle s'éloigne à regret. Dans sa fuite éperdue, elle rencontre une baleine à qui elle raconte ses déboires. « Tu comprends, je suis trop transparente ! Il ne pouvait pas me voir. Je n'existe pas pour lui », conclut la pauvresse. « Je te vois bien, moi, qui suis un poids lourd. Pauvre cloche, tu es tombée sur un chardon. Un de ces demeurés d'immobiles seulement préoccupés à se momifier les racines. Ces espèces-là prolifèrent en ce moment. Ils s'abêtissent par bans à force de se fixer les crampons. Je préfère ceux qui baladent leur mémoire et vont se frotter la nageoire à tous les courants. Arrête de coller à mon œil comme une larme. Monte donc sur mon dos. Je veux te montrer les nomades des surfaces et des profondeurs. Ça va t'ouvrir les horizons. »

En milieu d'après-midi, le vent forcit, tourne et s'établit devant à l'approche du détroit de Messine. La mer se creuse et moutonne. Quelques embardées signalent l'incapacité du pilote automatique à maintenir le cap. Abandonnant ses dessins, elle le débranche, s'installe à la barre, heureuse de changer de navigation et de négocier une à une les vagues. Au près bon plein, couché à bâbord, le bateau fend la houle avec des frémissements de voiles, des vibrations d'étais et de haubans.

En se retournant, elle distingue une voile à l'horizon. Une curieuse impression s'empare d'elle : c'est elle-même qui pointe là-bas de la ligne où le ciel tombe dans la mer et menace de se rattraper. L'image se précise. Elle voit une femme sans tête dans le cockpit de ce voilier surgi du néant des eaux. Elle voit un corps sain, attentif à la tension du safran, aux ruades des vagues. Elle voit le cou tranché net, un moignon lisse de toute cicatrice. « Sans tête », d'où lui vient cette expression qui tisse la peur et la projette à l'infini ? Le vide suce la poitrine, l'étrangle. Elle ne peut pas lâcher la barre. Il y a trop de vent. Elle ne peut pas se jeter à l'eau. Le bateau va trop vite. Elle se raidit pour faire cesser ses tremblements, se concentre sur la poussée de la houle, prend garde à conserver l'angle de gîte optimal à sa vitesse et avec effroi surveille, à la dérobée, la progression de l'autre bateau.

Plus d'une heure s'écoule avant qu'il ne parvienne enfin à sa hauteur. C'est un beau cotre d'au moins quinze à seize mètres, battant pavillon français. Le sien n'en mesure que douze. Un homme blond est à la barre. Elle ne voit personne d'autre dans le cockpit, ni sur le pont. Il passe à deux cents mètres à peine sans un salut. Sans même un regard dans sa direction, comme si son bateau et elle n'existaient pas. Partagée entre déception et soulagement, elle se dit que c'est peut-être lui qui n'est qu'une illusion d'optique. Un mirage ourdi par son imagination. Le cotre s'éloigne et ne tarde pas à lui mettre un mille dans le nez. En revanche, deux heures plus tard, il est toujours là, à la même distance, suivant le même cap qu'elle. Pourquoi ne disparaît-il pas à l'horizon ? Prenant les jumelles, elle constate qu'une partie du génois a été enroulée et se hâte d'opposer une explication recevable au regain des suspicions :

« *Il a l'air seul à bord, lui aussi. Il en a eu marre de barrer. Il a réduit pour pouvoir mettre le pilote automatique. Doit en avoir un puissant. Un goujat ? Un de ces frimeurs qui méprisent ceux qu'ils parviennent à doubler ? En tout cas, c'est un homme, pas un monstre. Et il a une tête.* »

Couronnée de fumerolles, la masse sombre de l'Etna émerge des brumes dans lesquelles ses contreforts restent noyés. Encore invisible, Syracuse est droit devant.

À tribord, le bas de la botte italienne est plus proche. Elle parvient à distinguer le détail du relief sans grand intérêt de la côte.

Devant elle, l'autre bateau n'a toujours pas creusé son écart. Préoccupée par la mer et le vent, qui se déchaînent de plus en plus, l'obligeant à réduire le génois et à prendre des ris dans la grand-voile, elle lui prête seulement l'attention que requiert la prudence de la navigation. Mais cette présence la rassure maintenant. L'effort physique désarme l'épouvante. Il lui faut encore tenir quatre à cinq heures avant de toucher terre.

La baie de Syracuse, sa vieille ville en hauteur, les pierres des murs irradiées par les lumières de la fin de l'après-midi, l'unique quai, la promenade qui le borde... Elle les reconnaît. La réverbération habille de paillettes les corps des bateaux, qui, rendus à l'immobilité, ont l'air de baleines échouées.

Elle enroule le génois, affale la grand-voile, met le moteur en route. Le plaisir de retrouver la terre est troublé par la crainte d'avoir à affronter le regard des autres. Comme s'il allait instantanément la percer et découvrir qu'elle n'est qu'une peau et rien dedans. Elle pense à la méduse de son dessin... Mais une série de gestes et manœuvres exige toute son attention. L'autre voilier est en train d'accoster. Il s'est placé comme ceux qui étaient déjà là : cockpit au quai. Elle décide de s'amarrer en sens inverse. Moteur au ralenti, elle jette une ancre à l'arrière, s'avance doucement.

L'autre marin, encore occupé aux tâches de l'arrivée,

saute sur le quai à sa rencontre. Elle lui lance ses amarres. Tout en les fixant aux bites, l'homme la dévisage, les sourcils froncés :

– Que vous est-il arrivé ?

Elle ne réalise pas immédiatement qu'il parle de son hématome.

– Oh ! Un coup de bôme.

– C'est traître, ça. Vous devriez aller voir un médecin, ça a l'air important.

Au lieu de lui répondre, elle le fixe à son tour. Mais elle n'a même pas le temps de le remercier. Il a déjà filé vers son bateau.

« *Est-ce que tu as déjà vu ce visage ?* »

Elle constate le tremblement de ses mains. Les considère comme si elles étaient deux choses étrangères, serre les poings :

« *C'est à force de barrer... Il est là pour te surveiller ? Un des leurs ? Devrais aller parler avec lui. Essayer de savoir.* »

À peine l'ont-ils effleurée, ces soupçons lui paraissent encore plus incongrus que le tremblement de ses mains.

« *Ce visage te plaît. C'est tout. Laisse tomber la paranoïa !* »

Du reste, l'homme est retourné à ses activités et ne semble pas lui accorder un intérêt particulier. Le visage fermé, un tuyau à la main, il rince à grande eau les cordages et le pont. Son application prête plutôt à sourire. Il est comme beaucoup de marins. Dès qu'ils mettent le pied sur un ponton, ils sautent sur un tuyau et déversent des mètres cubes sur la coque de leur bateau. Comme si dessaler n'était qu'un prétexte. Comme si tout le sel de la mer ne parvenait pas à tuer en eux la graine du terrien.

« Arrêtez, votre bateau n'est pas une plante. »

Le souffle chaud, un peu âcre, des collines l'envahit dans la symphonie acide des cigales. Elle se détend, se laisse aller à goûter ce piquant de l'été terrestre. Aussitôt, la lassitude des deux jours sans sommeil s'abat sur elle, effaçant tout le reste.

« Va d'abord te dormir les yeux. »

Sa peau gratte et cuit sous les effets conjugués du soleil et du sel des embruns des dernières heures de navigation. Elle a l'impression d'avoir du sable sous les paupières. En titubant, elle se dirige vers la cabine de bain. Ses yeux s'arrêtent sur le miroir. L'hématome a viré du rouge au bleu, est descendu sur la joue. Si elle s'est habituée à ce visage, il lui reste encore étranger. Elle le fixe avec un petit air furieux :

– Tu n'es pas belle à regarder !

Après la douche, elle enfile un tee-shirt en marchant vers la cabine arrière gauche. Le lit y est défait. Dans celle de droite aussi. Elle rebrousse chemin, saisit en passant la croix du Sud, referme les mains sur elle, s'allonge sur l'une des banquettes du carré. Des notes de luth creusent le ventre du rouf, tendent les amarres, les haubans, l'emportent sur-le-champ.

III

Des remous font tanguer le bateau, éclatent sur le quai. Les sauts du voilier, un ronflement de moteur, des voix l'arrachent au sommeil. Paupières encore closes, dans un état de léthargie, elle sent un corps contre le sien, sent une main descendre lentement du cou vers la poitrine, mouler chacun des seins avec une fièvre appliquée, rouler les mamelons en bourgeons, sculpter un relief ardent à l'attente de la chair. Elle gémit faiblement, hume l'odeur de l'épaule contre sa joue. Ses lèvres explorent l'étendue entre clavicule et mâchoire, en goûtent la peau. Sa main accompagne la distension du sexe, tâte sa fermeté, en apprécie la douceur, la texture des veines qui se gorgent de sang, l'impatience des pulsations. Elle se cambre au désir que le poids de l'homme ne vient pas assouvir, tend les bras, ne trouve personne, touche les coussins, découvre les dimensions exiguës de la banquette. Écarquillant les yeux, elle fixe l'ouverture de la porte. La nuit est en train de tomber. La masse sombre d'une colline, quelques lumières de maisons défilent au gré du glissement de l'embarcation entre amarres et ancre. Il lui reste une langueur aux membres. Une habitude de la chair, brutalement sevrée, plutôt qu'un souvenir.

40

Des crampes d'estomac finissent par la tirer de sa torpeur. Elle n'a presque rien mangé depuis deux jours. Coup d'œil au cadran de la montre : il est vingt et une heures trente. Elle se hâte de s'habiller, se peigne en rabattant ses cheveux sur le côté pour masquer la partie bleu violacé de son visage, étudie le résultat sur le miroir et dit à son reflet :

– Ta tronche me fait pitié. Allez, viens, je t'invite à manger.

Elle compte l'argent du portefeuille : dix mille francs. Gardant quelques billets, elle planque le reste dans une équipée et ferme le voilier.

Une grosse vedette s'est amarrée à sa droite. Assis dans son cockpit devant une table pliante, le voisin de gauche est absorbé par un livre. Elle n'aperçoit personne à l'intérieur de son bateau, *L'Inutile.*

« *L'Inutile ? Aucun brigand ni frimeur n'aurait appelé son voilier comme ça.* »

Un coude appuyé à la table, la tête dans une main, l'autre plaquant le livre, l'homme ne lève pas la tête sur son passage. Pourtant lorsqu'elle s'éloigne elle sent son regard attaché à son dos et se retient de se retourner.

Longeant la voie sur berge, elle monte vers la vieille ville. Le sol tangue sous ses pieds. Elle titube un peu, en proie au mal de terre. Curieux vertige qui chavire les sens dès que s'arrête le balancement de la mer. Il embrume la vue, étouffe les sons, fait flageoler les pieds, transforme le corps en petite marée. Roulis en tournis au hasard des rues. Fortune du premier banc où guettent les verres de la soif.

41

Elle se dit que la faim et le choc doivent y contribuer aussi, adopte un air concentré, se donne une contenance, une consistance en s'appliquant à observer les passants, les façades des boutiques, les maisons. Rien ne lui est étranger, ni les places, ni les rues : Via Capodieci, la fontaine d'Aréthuse, mystérieux bassin où frémit une source d'eau douce quelques mètres seulement en surplomb de la mer, les touffes de papyrus qui y poussent... Elle s'arrête devant un kiosque à journaux, se ravise :

« *Rien savoir du monde non plus. Qu'il garde ses misères et ses douleurs.* »

Rue Lungomare di Levante, elle reconnaît la façade d'un restaurant, se souvient y avoir bien mangé :

« *Quand ? Seule ? Avec qui ?* »

Les questions se succèdent, tombent dans le vide, la laissent en suspens entre ses étourdissements. Elle lève les yeux, lit le nom du restaurant sur l'enseigne : *Arlecchino*, décide d'y entrer. Elle vient de commander son dîner quand elle aperçoit l'homme de *L'Inutile*, le nez dans la carte affichée à l'extérieur. Il porte une chemise bleue, du même bleu que ses yeux, et un pantalon blanc. Il tient son livre à la main, l'index glissé en marque-page, le pouce cachant le titre. Grand et mince, il a un visage grimé par une moue désenchantée :

« *Plutôt l'air d'un soixante-huitard bien reconverti que d'un loup de mer.* »

Il ne tarde pas à pousser la porte. Guidé par un serveur, il s'installe, quelques tables plus loin. A-t-elle déjà vu ce visage ? La question l'effleure de nouveau sans la tour-

42

menter. Comme si les lacunes de sa mémoire vidaient instantanément les mots. Cette double incidence crée une distance vis-à-vis de tout, la fait osciller comme un balancier entre peur et délivrance.

« *Tu es comme tes dessins. Des traits. Des formes. Des vibrations sans légende.* »

Elle a pensé « destin » en disant « dessin », un rictus griffe ses lèvres. Elle lève les yeux de son assiette, regarde l'homme. Il a de nouveau calé le livre ouvert contre la table, rivé les yeux aux pages :

« *En voilà un qui met l'écran de la fiction entre lui et le monde. Partout, partout.* »

Quelque chose en lui retient son attention. Cet aspect à la fois fragile et têtu que lui donne la concentration sur ce qu'il lit, ce grand corps dégingandé. Comme un reste d'enfance butée dans un corps trop vite poussé. C'est ça. Un enfant au corps démesurément étiré, forcé jusqu'à la gaucherie. Jusqu'à la limite de la rupture.

« *A-t-il réduit sa voilure et mis le pilote pour lire tout à l'heure ? Que lit-il de si captivant ?* »

Elle s'attaque à ses calamars grillés tout en continuant à l'observer à la dérobée et à cogiter :

« *Est-il entré là par hasard ? Parce que ce restaurant figure en bonne place dans un guide ? Parce que tu t'y trouvais ?* »

Elle finit par convenir que la dernière hypothèse ne lui déplairait pas. Il lui semble sentir son regard sur elle dès qu'elle détourne les yeux et se réjouit de lui présenter son profil intact.

L'homme lève la tête, croise son regard, esquisse un sourire. Elle déchante rapidement sous l'emprise de ses yeux pénétrants, se hâte d'achever son repas et quitte les lieux avant lui. Sur le chemin du retour, elle repère la plaque d'un médecin.

Assise dans le cockpit, elle laisse s'aérer le bateau avant d'aller se coucher. Le vent est tombé avec le soir. Les haleines et les rumeurs de la ville s'emmêlent, filtrent par bouffées, criblées par la rengaine des grillons. Des badauds déambulent sur le quai, s'arrêtent pour mater sans vergogne l'intérieur des bateaux ouverts avec force commentaires.

– Holà! De *L'Aimée*! Holà!

Elle se lève, découvre un homme trapu et bedonnant posté devant *L'Aimée* :

– Quelqu'an a téléphoné por vous. Ma... il a pas voulu dire son nom.

L'homme de la capitainerie du port la dévisage avec curiosité tandis qu'elle s'approche.

– Bonsoir monsieur...

– Bonsouar. Ma... il a dit comme ça qu'il voulait juste savouar si *L'Aimée* était au port. Il a parlé d'assident. J'ai trouvé ça bissare, non? Alora je suis venu. Ma... tout à l'houre, je vous savé pas trouvée. Vous savé oune VHF?

Plantée contre le balcon avant, elle demeure sans voix. Son voisin est arrivé. Debout à l'arrière de *L'Inutile*, le dos appuyé contre un hauban, il écoute la conversation.

– Vous voulez voir les papiers du bateau? suggère-t-elle avec un sentiment de crainte et d'espoir mêlés.

– Domani matina.

Les yeux fixés sur son front, il porte la main au sien et dit :

– Vous savé fait le tampon avé lui ?

– Non, non, c'est un coup de bôme.

– Alora, bona note.

Le Sicilien s'en va, poussant son ventre devant lui. Il se retourne au bout de quelques mètres. À la lueur d'un réverbère, ses traits paraissent encore tout à leur étonnement. Elle s'apprête à regagner le cockpit, quand son voisin demande :

– Vous n'avez pas eu d'autres ennuis que ce coup de bôme ?

– Si, une journée de calmasse.

– Oui, je sais.

– Non, vous ne pouvez pas savoir.

L'homme fronce les sourcils, fixe sur elle des yeux encore plus perçants qu'au restaurant. Mais cette fois, elle soutient son regard sans ciller, sans se sentir régresser à l'état de méduse.

– C'est-à-dire ?

– Ça ne se dit pas.

Désarçonné, il hésite un moment :

– Êtes-vous allée voir un médecin ?

– Demain.

– Vous naviguez seule ?

– Comme vous ?

– Oui.

– Vous lisiez même au restaurant…

– Je lis partout. Je crèverai seul, un livre ouvert sur la gueule.

45

– Ça vous évite certaines choses, comme de saluer quand vous doublez un bateau en pleine mer ?

– Hum, mon côté ours. Indécrottable… Puis-je vous offrir un verre pour me faire pardonner ? J'ai du très bon whisky.

– Pourquoi pas ?

Il pénètre dans son bateau, en ressort aussitôt muni d'une bouteille et de deux verres :

– Ma batterie est déchargée. Je n'ai plus de glaçons.

– On ne met des glaçons que dans le mauvais whisky. Ce n'est pas le cas.

Le visage de l'homme s'éclaire :

– Vous vous y connaissez en breuvage de névrosés.

La réplique la fait réfléchir. L'homme prend sa mine préoccupée pour un accès de susceptibilité.

– C'est moins un jugement qu'un aveu. Venez !

– On serait dans un zoo, sous le nez des passants. Venez, vous. C'est plus tranquille ici.

Il saute sur le quai, tire sur une amarre de *L'Aimée*, monte à bord, la rejoint à l'arrière. Servant deux grandes rasades de whisky, il lui tend un verre :

– En fait, je ne vous ai pas lâchée des yeux tant que j'étais derrière vous. En général je me garde de chercher le regard des gens. J'ai trop peur de les précipiter dans ma sinistrose. J'ai l'œil malfaisant… Mais vous, vous ne semblez pas avoir besoin de moi pour la mouise. Cela me débarrasse de la culpabilité et attise ma curiosité. Vous voilà avertie. Et puis…

Il se gratte une tempe, tarde à continuer.

– Et puis ?

– Votre air… cette énorme bosse qui vous défigure.

– La bosse, d'accord. Mais qu'est-ce qu'il a mon air ?

– Un peu…

– Médusé ?

– C'est ça.

Cette perception l'enchante. Elle l'entretient avec le feu du whisky et garde le silence. Loin des réverbères du quai, à la faveur de la pénombre, elle se laisse aller à l'observer : l'or des mèches de cheveux sur le hâle des oreilles et de la nuque, le capiton de l'épaule, le fuselé des bras, les longues mains tout en os, au tracé délicat, sa morosité… Une terrible envie l'envahit. Celle de blottir son visage contre son cou, de sentir sa peau.

– Je n'en démordrai pas. Vous avez des ennuis ! Lesquels ?

Elle se ressaisit et réplique sur un ton qu'elle voudrait détaché mais qui demeure troublé :

– Après les charges du travail, le vide de la pleine mer, ça vous laisse un peu hébété. Vous le savez bien.

L'homme répond par un « hum ! » circonspect avant de demander :

– Qu'est-ce que vous faites quand vous ne naviguez pas ? Quel est votre métier ?

– Plutôt une passion qu'un métier… Je… je… suis peintre.

Elle se sent toute chose d'avoir pu dire « je » et fond sous son regard.

– Ah bon ! Je connais peut-être votre nom ?

Elle sursaute et s'élance à corps perdu dans le jeu.

– Ça m'étonnerait. Je suis libanaise. Je n'ai jamais exposé en France.

– Et où vivez-vous ?

– Un peu en France, beaucoup au Liban. À Beyrouth.

– Vous y étiez pendant la guerre ?

– Oui.

– Elle a sûrement influencé votre peinture, non ?

– Si vous saviez ce que j'ai peint pendant la guerre !

– Que peigniez-vous ?

– Des intérieurs de maisons, les plus surchargés, les plus kitsch qui soient, pour des potentats du pétrole et des émirs saoudiens. Dans Beyrouth dévastée, c'était hallucinant.

– Je veux bien le croire. Vous devez en garder de curieux souvenirs.

– Oui... Un jour, en passant la ligne de démarcation, un militaire m'a fait ouvrir le gros carton à dessin que je trimbalais partout sous le bras. Il fallait voir son extase devant ce faste. « Est-ce que tu sais aussi faire des portraits ? », m'a-t-il demandé au bout d'un moment. J'ai acquiescé, m'attendant à ce qu'il insiste pour que je peigne le sien, celui de sa mère ou de sa bien-aimée. Je ne sais comment je m'y suis prise pour ne pas éclater de rire quand il a décrété avec solennité : « Il faut absolument que tu fasses le portrait de mon commandant. » C'était ça ma guerre. Ce que j'y ai le mieux appris, c'est à me moquer de tout à commencer par ma pomme. Une vie de nomade avec mon attirail contre le corps, comme excroissance protectrice, à dessiner du rococo à la lueur d'une bougie, au milieu des ruines et du bruit des bombes.

48

– C'est une belle histoire.

D'où a-t-elle sorti ce « je » et tout ce qu'elle vient de débiter avec assurance et spontanéité ? Elle a même pris un accent libanais et roulé les r pour les répliques du militaire. L'homme la croit submergée par ce passé.

– Et vous avez fait le portrait dudit commandant ?

– Bien sûr. Après, j'ai dû croquer des tas d'autres têtes farcies de convictions et de désir de revanche pour obtenir le droit de circuler des deux côtés de la ligne de démarcation et entre mes doutes. Il y a mille façons de se prostituer, n'est-ce pas ?

– Un boulot alimentaire. La prostitution en est un autre... Je peux connaître votre nom ?

Elle observe son air pince-sans-rire et sourit :

– Ghoula. Un surnom d'enfance. En arabe, ça signifie « ogresse ». Je l'ai d'abord adopté pour la peinture, puis il a remplacé mes nom et prénom. J'aime bien les ogres et les démons. Et vous ?

Il prend une mine faussement ingénue :

– Si j'aime les ogres et...

Elle pouffe :

– Non, quel est votre nom ?

Il rit aussi :

– Lemoine, Loïc Lemoine. Vous n'êtes pas obligée de vous moquer. Dans ma famille, on disait que tous mes ascendants n'ont porté ce nom que pour me le transmettre, pour qu'il puisse trouver sa perfection en moi. Ils se sont bien gourés. Pourtant, ce n'est pas faute de m'être appliqué à essayer d'y coïncider. Sans y parvenir vraiment. Je m'y suis toujours senti un peu comme un bernard-l'hermite dans une coquille. Définitivement décollé de lui. Décalé par quelques autres anomalies. Mais ce démenti au nom et aux prédictions des aïeux est finalement une consolation.

Son ton léger ne la trompe pas. Quelle est la cause de ce désespoir? Ébranlée, elle tente de l'aiguiller vers un autre sujet:

– Quel est votre métier?

– La faillite. Le plus raffiné des arts.

Il a dit cela avec une réelle gaieté. Elle ne sait plus qu'en penser et, aux prises avec le tumulte que produit en elle la présence de cet homme, ses sarcasmes, passe du réconfort à l'inquiétude.

« Il va finir par me taper dans l'hématome et me filer le mauvais œil pour de bon. »

Elle se hâte de mettre un terme à leur rencontre:

– Je ne vais pas tarder à aller me dormir les yeux. J'ai encore du sommeil en retard.

Il se lève, prend la bouteille:

– En voulez-vous un peu plus pour endormir le reste aussi?

– Non, merci. Pour le reste, ça ira.

– Les ogres n'ont pas d'insomnies?

– Jamais. On dit qu'ils dorment même les yeux ouverts.

– Je troquerais bien toutes les coquilles désaccordées contre la peau d'un ogre pour pouvoir dormir aussi. Bonne nuit.

– Bonne nuit.

Elle le regarde partir tout à coup avec regret. Anéantie durant un moment, elle finit par réagir avec entrain:

« *Où a-t-il pris des coups, lui, pour avoir cette gueule d'anomalie ? Il est crispant. Ça y est, il m'a embouti la tête.* »

Elle porte la main à son front, sourit, hausse les épaules :

« *Dis, tu as pris du "je" sous son regard de mer. Tu as pris une autre mer. Perdue pour perdue, tu aurais bien aimé t'égarer un peu plus contre lui. Tu ne réponds pas ? Tu as peur de toi ?* »

Elle descend à l'intérieur du bateau, saisit la carte, regarde attentivement le Liban sans lui arracher un mot, un assentiment :

« *Plus de Ghoula. Partie avec Bernard L'Hermite.* »

Les bras ballants, elle tourne, désemparée. À présent, son dépouillement intérieur, blindé de solitude, l'insupporte. Elle se rebiffe et tranche :

« *C'est l'inaction.* »

Cette assertion assénée avec conviction ne calme pas son anxiété. Elle s'arrache les vêtements plus qu'elle ne se déshabille, comme si elle tentait de s'écorcher. Une autre rasade de whisky lui aurait, en effet, fait le plus grand bien. Ses yeux se portent sur la table du carré, sur le couvercle du coffre encastré au milieu. Son visage s'éclaire en y découvrant son préféré, sans doute, parmi les « breuvages de névrosés ». Quelques lampées finissent par avoir raison de son malaise. Elle se prend même à sourire en pensant :

« *Il serait resté deux minutes de plus, tu te jetais sur lui comme une naufragée sur une planche de...* »

Une moue interrompt la formulation de ce lieu

commun. Mais l'envie de se réfugier dans les bras de cet être n'en persiste pas moins, aussi irraisonnée qu'un réflexe de survie. Elle hoche la tête et ironise :

« *Pas possible d'habiter le corps d'un autre. Ni de refaire son histoire, fût-ce par le bouche-à-bouche. Même les vampires n'y arrivent pas... Au diable, la mémoire ! Elle ne structure pas toujours. On lui doit des ravages aussi. La garce. Elle est souvent un ghetto. Un purgatoire. Dis, tu la préfères vide à sordide comme celle de ton voisin, n'est-ce pas ? Tu ne l'as pas perdue, tu t'es évadée de sa prison ? N'est-ce pas ?* »

Puis, avec un sourire désabusé :

« *Console-toi comme tu peux.* »

Elle entoure sa poitrine de ses bras et se balance doucement. À travers un hublot, elle voit la lumière de *L'Inutile* :

« *Pas mal, comme bouée de sauvetage... Sauf qu'il a l'air un peu atteint, lui aussi... Plus qu'atteint, "l'anomalie, la faillite, L'Inutile"... De quoi couler à pic ! Et toi, ton bateau ne s'appelle-t-il pas* L'Aimée *maintenant ? Un bernard-l'hermite ? Même eau qu'une méduse, non ? Comment est J. ? Où est-il ? Il n'a même pas donné un prénom au gars de la capitainerie. Que cache-t-il ? Était-il ton amant ? Pas une toquade d'amour apparemment. Ça, ça met dans le palpitant plus de ramdam qu'un concert de rap. Tu en aurais bien gardé quelques ratés. Non ?* »

Sa dernière gorgée avalée, elle change les draps de l'une des couchettes arrière et s'allonge sans parvenir à s'endormir. À plat ventre, sur le dos, d'un côté puis de l'autre, elle s'arc-boute, saute hors de la cabine, s'empare de son attirail à dessin et d'un gobelet rempli d'eau avant d'y retourner.

Entre les coups de crayon nerveux et ceux, plus lents, plus concis, du pinceau, les traits d'un homme s'esquissent. Tétanisée, regard aigu, elle l'examine, le reprend, retouche, rectifie, tache les draps, ses cuisses, ses joues... Elle n'a plus l'intensité contenue avec laquelle elle s'invente des histoires de poulpe et de méduse. Elle paraît se livrer, avec rage, à un corps à corps avec l'inconnu. Ses longues mains ressemblent à deux chats qui bondissent, griffent, mordent, lèchent le papier, se figent aux aguets, hérissées de crayon, gomme et pinceaux, sautent de nouveau, comme prêtes à se dévorer. La flamme de ses yeux tient, elle aussi, du félin et se consume entre traque, transe et délectation féroce.

Peu à peu, le visage se précise, paraît lui convenir. Une gueule de Viking au regard curieux. L'intensité du bleu de l'iris semble jurer avec son expression mi-rêveuse, mi-frondeuse. Crinière et moustache à la diable, il est assis dans une barque au gréement de fortune.

Elle s'arrête, se frotte les paupières, regarde ses doigts, dit dans une grimace de triomphe goguenard :

– Tu l'as eu au doigt et à l'œil !

Puis elle se calme, s'abîme dans sa contemplation. Le temps s'immobilise avec son attitude de sphinx. Les faibles lueurs de la lampe découpent la cabine aux dimensions d'un sarcophage dans le flanc du bateau.

Elle bouge enfin, se redresse :

« *K.-O. par un dessin, oui, c'est tout ce que tu as eu.* »

Malgré sa plaisanterie, ses gestes restent empreints de lenteur. Ses doigts encore engourdis s'étirent, paressent entre les mélanges de gouache, caressent les tempes, la tignasse, flattent la moustache avant de s'attaquer à l'espace vierge environnant. Couche de blanc pur, puis des pointes d'ajouts divers pour donner à l'eau sa splendeur au clair de lune. Ruissellements argent, incrustations de nacre, frises de cristal... La pleine lune émerge pareille à un nénuphar de givre sur un ciel de lait. Scène immaculée où commence alors un ballet de baleines au bout de celui des mains. Déroulés en canon des corps noirs dans la ronde opale des eaux. Fugues des queues et geysers des évents.

Après un long moment de concentration, à présent crispée, elle lève la tête, écarte son dessin, le fixe. Une bouffée d'émotion la submerge. Elle se met à trembler, se revoit enfant, le visage contre ce cou puissant, le nez dans ces cheveux roux. Elle ne parvient pas à décrypter son accent.

– Un accent d'où ?

Deux larmes roulent sur ses joues. Elle sait que son père est mort et murmure dans un soupir presque heureux, celui du deuil assouvi :

– Depuis longtemps, longtemps.

Assaillie par un doute, elle l'écarte d'un haussement des épaules :

– Il y a bien des Méditerranéens qui ont l'air de surgir tout droit des brumes du Nord !

Avec une moue dubitative mais le visage maintenant irradié, elle dit au portrait :

– Pas bézef quand même, par ici, à avoir cette tronche-là. Et toutes ces baleines qui font les pneus autour de toi ?

Il lui semble que le sourire de son père s'élargit, biaisé par la ruse.

– En tout cas, moi, j'ai une gueule de métèque ! Je suis Ghoula, peintre libanaise, se rebiffe-t-elle.

L'aube est en train de poindre lorsqu'elle dépose enfin son matériel au pied de la couchette. Le gobelet se renverse. Son eau court sur le parquet, trace une traînée de sang dilué. Elle ne jette pas un coup d'œil au hublot, ne voit pas la lumière toujours en veille de son voisin. Exténuée, elle s'allonge sur le côté en tenant son tableau à deux mains comme un livre ouvert. Le visage s'anime et lui parle. D'autres voix murmurent à son oreille : « N'zid ? », « Ghoula, Ghoula, Ghoula... Hagitec-magitec ! » Elle sourit dans son sommeil. Draps froissés et corps maculés de peinture, elle a l'air d'un arlequin sous l'hypnose d'une farce muette.

IV

Le médecin parle le français. Cela lui épargne d'avoir à endurer le massacre de sa propre langue. Elle lui raconte qu'elle n'est plus elle-même depuis la chute dans un escalier, avant-hier.

– Vous auriez dû venir tout de suite. Vous avez été négligente !

– Impossible. Des retrouvailles de vacances avec la famille de Grèce, de France, de Tunisie… Tout le bataclan. Et puis, j'avais un bobo au front, c'est tout. Ce n'est qu'hier soir que j'ai commencé à me rendre compte de mes problèmes de mémoire.

– Quoi exactement ?

– Je n'ai pas reconnu certains proches. Parfois, je ne savais plus où j'étais. J'oubliais ce que j'étais en train de chercher, ce qu'on me disait.

– Et aujourd'hui ?

– C'est pareil.

Le médecin continue son interrogatoire tout en l'examinant :

– Prénom et nom ?

– Eva Poulos.

Croyant déceler l'ébauche d'un soupçon dans son regard attentif, elle concède :

– Je n'ai pas l'accent grec. Je le sais. Mes autres origines ne s'entendent pas non plus. Il y en a quelques-unes comme ça... Pas nombreuses, à ne pas vous sauter à la bouche chaque fois que vous l'ouvrez. À vous lâcher la langue.

– Ououi... Mais si votre famille est aussi bien du Sud que du Nord de la Méditerranée, c'est peut-être un peu normal de ne pas reconnaître tout le monde, suggère-t-il de son accent très prononcé, lui.

Son bluff lui arrache un sourire. Elle adore son accent, les accents les plus prononcés. Le médecin l'avait crue froissée par la remarque qu'il a, aussitôt, regrettée. Rassuré, il reprend son interrogatoire :

– Profession ?

– Peintre.

La succession des affirmations, qui continuent à lui venir spontanément, les jeux du « je », l'amusent. Elle tente de répondre, sans digression, aux autres questions : Où se trouve-t-elle ? Quel jour est-on ? De quel mois ? Quelle année ?... À la vue des marques sur le corps, le praticien propose d'un ton prudent :

– Voulez-vous un certificat médical ? Ça pourra toujours servir, non ?

L'allusion l'agace et l'alerte en même temps. Elle s'en défend :

– Je suis vraiment tombée.

De retour vers le cabinet, elle parvient à traduire sans peine la conclusion de la radiographie du crâne, réalisée trois ruelles plus loin : « Très discrète lésion osseuse temporale droite. »

Le médecin la reprend entre deux autres consultants, s'alarme, le nez contre son négatoscope, téléphone pour avoir un scanner en urgence et annonce d'office :

– Je vous commande un taxi, ce sera plus prudent.

– Ne vous inquiétez pas. Toute ma tribu, Nord et Sud confondus, m'attend dans le café, à côté.

– Ah bon ! Bien.

Le scanner détaille dans un jargon abscons « le petit flou du cortex, en regard du trait de fracture », et recommande un second contrôle, « quinze jours plus tard, pour suivre l'évolution de l'image radiologique ». Le toubib approuve du chef :

– J'ai téléphoné à un collègue neuropsychiatre, l'absence de désorientation temporo-spatiale, la normalité de l'examen neurologique sont très rassurants.

– Pouvez-vous me traduire en clair mes absences normales et les signes qui me clonent au comportement des sains d'esprit ?

– Vous m'avez donné la date exacte, jour, mois et année, le nom de la ville où nous sommes... Vous avez conservé les repères de l'espace et du temps. C'est de bon pronostic.

– Même avec un « flou au cortex », comme ils disent, et mes problèmes de mémoire ?

– Ce n'est pas bien grave de ne pas se souvenir momentanément de qui sont certaines personnes. Vous auriez pu ne plus savoir qui vous êtes, vous-même, perdre totalement la mémoire, tomber dans le coma...

– Il y a des gens qui perdent complètement la mémoire ?

– Bien sûr. Mais dans les cas post-traumatiques, c'est en général un phénomène transitoire. Ils finissent par récupérer.

– Combien de temps pour récupérer ?

– Quelques minutes, quelques heures, quelques jours, quelques mois...

– Quelle précision !

– La médecine n'est pas...

– Une science exacte. J'ai déjà entendu ça. Me voilà bien avancée.

– Mais vous, vous n'avez que des troubles mnésiques, pas une amnésie. D'après le neuropsychiatre avec qui j'ai discuté, ça devrait disparaître assez rapidement.

– Comment se passe la récupération ? Je veux dire... pour ceux qui ne se souviennent plus de rien ?

– Ils commencent par retrouver la mémoire de l'enfance puis le reste, en remontant progressivement le temps. Mais parfois ils ne se rappellent jamais les événements qui ont provoqué l'amnésie...

– Ah bon ? !

Elle pense au portrait de son père puis aux circonstances au cours desquelles elle a perdu connaissance, en pleine mer. Il serait donc possible qu'elle ne puisse jamais recouvrer ce souvenir-là ? Elle en éprouve un sentiment tiraillé entre frustration et soulagement.

– Ne vous tracassez pas. Rien à voir. Ces cas sont

assez complexes. Le choc traumatique y prend cette importance parce qu'il survient sur de graves désordres psychologiques : des abandons, des troubles d'identité et tutti quanti. Pendant la période d'amnésie, ils sont sujets à une grande instabilité d'humeur, une irritabilité. Certains se mettent à s'inventer des identités différentes à chaque instant. On a décrit chez eux une désinhibition verbale et comportementale ou du déni et du désintéressement[1]. Mon collègue vous expliquera ça mieux que moi. C'est sa spécialité, lui. Il va vous garder quelques jours en observation.

– Non, non, je ne peux pas ! Je ne veux pas !

– Une surveillance médicale est indispensable durant les premières soixante-douze heures.

– Alors, il ne me reste plus qu'une journée pour dépasser le cap critique.

– Ce que vous avez n'est pas rien. Ne le prenez pas trop à la légère. Les troubles peuvent apparaître de façon différée dans les traumatismes crâniens. Voulez-vous que je l'explique à votre famille ? Je suis sûr que tout le monde sera de mon avis.

Prise de panique, elle réfléchit très vite à l'attitude à adopter. Revenir sur ses déclarations et tout lui avouer ? Cela demanderait beaucoup trop de temps. Comprendrait-il qu'elle ne veuille pas forcément se souvenir dans l'immédiat ? Du moins, qu'elle soit décidée à s'en sortir sans s'embarrasser de témoin ? Quelles sont les obligations de sa profession en pareil cas ? Serait-il

---

1. Levin, 1989.

en droit de l'hospitaliser de force ? Certainement pas. Comment garder les gens contre leur gré, fût-ce pour les soigner ? Ce raisonnement n'entame pas l'appréhension qui s'est emparée d'elle. Il lui faut un effort pour se composer une mine conciliante :

– D'accord. Combien je vous dois ?

L'homme griffonne à son confrère une lettre en toute hâte. Elle le règle et se précipite vers la porte.

– Je voudrais bien parler aux membres de votre famille.

– Je vous les envoie.

– Ne partez pas sans ce mot.

Elle revient, le lui arrache des mains et s'élance de nouveau. Dehors, elle s'empresse de tourner le premier coin de rue, puis le suivant encore, avant de ralentir son allure et d'inspirer profondément :

« *T'a-t-il caché quelque chose pour tenir autant à parler à "ta" famille ? Te garder en observation. Tu n'as besoin de personne pour te scruter la complication. Maintenant, tu es fixée. Un flou dans le cortex. Drôle de mot, cortex. Corps-texte, c'est ça. Ton corps a le texte flou... Il a brouillé les menaces de l'identité, des amours et des abandons. Fracture du crâne et des drames. Bon programme, les détails de l'amnésie. Sur mesure pour toi. Tu es déjà une désinhibition verbale ! Et le reste, les dénis, désintéressements et autres légèretés, tu veux aussi ! N'est-ce pas ?* »

La chaleur est un assommoir. Elle agglutine, ratatine touristes et habitants à l'ombre des arbres, des parasols et dans les maisons. Des grésillements de friture, des effluves d'ail et d'oignon envahissent les rues vidées des passants. Il ne reste plus du marché qu'une place infestée de fruits pourris, de légumes écrasés, de détritus de toutes sortes. Une meute de chiens et de chats se dispute des os, des têtes de poissons, des bouts de gras avec des grognements sauvages. Munie d'un jet d'eau puissant, une brigade de balayeurs s'active déjà à y mettre bon ordre.

Quelques commerces encore ouverts lui permettent de faire des courses : concombres, melons, tomates, mozzarella, oignons frais, olives, anchois, jambon, œufs, pêches, figues, abricots, vin... Elle se réjouit de retrouver le goût des aliments à leur simple vue. À un commerçant un peu curieux, elle dit son origine grecque et s'émerveille à écouter son érudition en matière de mythologie hellénique. Au premier tabac, elle flâne, lit les titres des journaux, les marques des cigarettes et cigares, se retourne, saisit avec précipitation plusieurs quotidiens et hebdomadaires, demande deux paquets de Davidoff, paye et se hâte de partir avant de regretter ses achats de presse. Pas les cigares.

Le spectacle d'une femme accrochée au téléphone d'une cabine, crachotant une palabre agitée dans le combiné, lui coupe les bras et les jambes. Elle s'immobilise, dépose ses paquets, ouvre son sac, en retire son calepin, le feuillette. Les noms qui s'y succèdent lui sont toujours aussi étrangers. Si l'un d'entre eux l'arrête, ce n'est pas parce qu'il lui est plus familier : il décline à lui seul, sur une demi-page du calepin, toute une tribu des deux sexes. Son effet de masse semble

ouvrir une brèche dans le bloc des anonymes. Elle cale
ses paquets contre une cabine vide, jette un regard ter-
rorisé à celle d'à côté, où, face au mur, la femme parle
comme une récitante sur une scène de théâtre. Elle lui
tourne le dos, compose le premier numéro de la liste, à
Paris, entend le grésillement de la ligne. À la troisième
sonnerie :

– Allôô ?!

« *Une enfant, cinq à six ans, pas plus* », puis tout haut :

– Ta maman est là ?

– Oui, elle se douche.

– Est-ce que tu reconnais ma voix ?

– Je sais pas ! Je vais chercher maman ?

– Non, non, laisse-la prendre sa douche tranquillement. Je rappellerai plus tard. Quel est ton prénom ?

– Iza, et toi ?

– … Au revoir, ma belle, à bientôt.

Accablée, elle range son calepin, se garde de se retourner sur la femme qui piaille encore, empoigne avec
hargne ses provisions et s'ébranle à grandes enjambées
à travers la rue :

« *Complètement stupide ! Mimétisme grégaire. Est-ce
que tu croyais vraiment que la première personne appelée
allait te réciter ton matricule au simple son de ta voix ?
C'est une chance que tu sois tombée sur une enfant…
Est-ce que tu rappelleras plus tard ? Pas comme ça. Faut
que tu attendes des indices. Et puis, pas le temps. Prends
la mer et tire-toi. Tu as la cervelle qui fume.* »

Elle marche en dilatant les narines sans parvenir à
trouver son souffle. La chaleur n'est pas la seule cause

de son étouffement. À terre, le manque de passé écrase tout. Sous la chape de l'angoisse, les maisons, les gens se métamorphosent en autant de mises à l'index, de mises en demeure d'identité. Une langue chante, parle, remplit les rues. Une culture s'exprime jusque dans la pierre, les pavés, la teinte des murs. Les ombres des fenêtres ressemblent maintenant à des orbites torves braquées sur son passage :

« *Tu ne peux pas être de nulle part impunément !* »

Sans la fatigue, les paquets au bout de ses bras et la peur de se trouver trop ridicule, elle aurait pris ses jambes à son cou. Le vide de la poitrine l'aspire. Elle vacille, déboussolée, entre besoin de savoir et crainte.

« *Les renégats peuvent bien vivre, eux aussi ! Ils ne respirent pas le même air que les certifiés conformes, les formatés uniformes. Ils ne peuvent rien leur voler. Et zut ! Tu es trop crevée pour réfléchir. Pourtant, une méduse, c'est seulement un peu d'eau. Et l'eau, ça réfléchit... Mais tu n'as pas beaucoup dormi cette nuit. Deux, trois heures ne suffisent pas à te panser les idées.* »

Chargée comme une mule, les radios de son crâne et la lettre du médecin fourrées avec les légumes, elle accélère le pas :

« *Tu arrêtes de faire l'intéressante. Heureusement que le chemin du retour descend, que les ports ne se trouvent pas au sommet des collines... Je suis Eva... Eva Poulos. Eva Poulos ! Mes parents étaient grecs... Étaient ? Père copte, mère juive. Je suis née à Paris. Une Franco-gréco-judéo-chrétiéno-arabo-athée pur jus. Eva Poulos.* »

Il n'y a plus personne à la capitainerie.

« *Tant pis pour eux, ils ne verront pas tes faux papiers.* »
La vedette qui était à sa droite est partie. *L'Inutile* est
fermé.

« *Tant mieux pour toi* », continue-t-elle à crâner sans
réussir à se duper ni à se calmer.

En rangeant ses courses, elle ne prête qu'une attention distraite aux informations diffusées à la radio.
Mais le dernier flash la fige sur place : « Un Français,
nommé Jean Rolland, aurait disparu à Alger. L'homme
n'était en Algérie que depuis hier. Il venait de Tunisie,
où il était arrivé la veille à bord d'une vedette privée. Ce
sont les responsables de l'hôtel *Aurassi* qui ont alerté la
police algérienne. L'homme aurait confié des effets à la
lingerie en insistant pour les récupérer le soir même.
Il n'a pas regagné l'hôtel. Aucun assassinat ni enlèvement n'a été signalé ou revendiqué pour l'instant. Une
enquête est en cours. »

Une alarme lui vrille la tête. Elle se précipite sur les
quotidiens posés sur la table et cherche fébrilement
avant de réaliser qu'il s'agit d'une dépêche du matin.
Les journaux en sa possession datent d'hier. Appuyée à
la table, bras ballants, elle pense au rond tracé sur la
carte au nord de l'Algérie, à la croix du Sud, aux livres
sur l'Algérie, au J. qui signe le message surtout, sans
parvenir à prononcer Jean Rolland. Curieusement elle
pressent que le danger est ailleurs. Elle ignore où. Le
souvenir d'un cauchemar de la veille lui revient tout à
coup à l'esprit. Elle naviguait sur une mer déchaînée.
Des lames croisées menaçaient de disloquer le bateau.
De gros nuages crevaient le ciel. Les vents tournants

de l'orage sifflaient, soulevant de monstrueuses tornades d'eau. Peu à peu, toute cette fureur liquide a commencé à devenir rouge, un rouge sang. La tempête s'est muée en vent de sable. La mer s'est coagulée en désert. Au moment où une avalanche de dunes s'abattait sur elle, un épouvantable râle d'asphyxiée l'a réveillée.

« *Quel rapport ?* »

La panique ne lui laisse pas le temps de chercher un lien entre ce cauchemar et ce qu'elle vient d'entendre. Fuir est de nouveau une urgence. Elle met le moteur en marche, installe le portrait de son père dans le cockpit entre deux livres pour l'empêcher de s'envoler, détache les amarres à l'avant, recule en tirant sur la chaîne de l'ancre, la rentre, vire, va faire le plein d'eau et de fuel, puis se dépêche de quitter le port. Dès la sortie de la rade, elle a oublié Eva Poulos, le disparu d'Alger et les terreurs du sommeil.

La brise s'accélère dans le détroit et la prend. Un souffle dans lequel tournoient des notes de luth. Elle se concentre, écoute. Les notes tombent en elle comme des pierres dans l'eau. La ronde de leurs ondes électrise sa peau :

– N'zid ?

– Zid !

Son ton implorant n'obtient d'autre grâce de la voix masculine que ce timbre grave et cette promesse camouflée en question. Mais la voix a trahi. Le luth s'est tu. Elle largue les voiles en se disant que ce ne sont que des hallucinations, des vibrations de son vide qui

N'ZID

se gorge aux courants, à l'appel du large au bout du détroit. Sous l'œil pétillant et tendrement narquois du portrait, elle respire à pleins poumons.

Une carte et un guide de navigation posés à proximité, elle étudie son trajet. Malgré la lassitude et le manque de sommeil, elle avait d'abord songé à continuer sa route, cap au nord-ouest, pour ne s'arrêter que le temps d'une autre escale technique dans les bouches de Bonifacio et une dernière à Minorque, avant d'atteindre Cadaqués. Elle pourrait dormir « *par petits bouts* » dès qu'elle aurait quitté la zone de trafic de la mer Tyrrhénienne.

« *Et qu'est-ce que tu feras à Cadaqués si rien ne te revient ? Tu te jetteras du haut d'une falaise ?* »

Elle hausse les épaules, regarde les amarres arrière enroulées à proximité, avec l'envie pressante de saisir l'une d'elles, de se jeter dans la mer, de se laisser traîner par le voilier, le corps massé par des trombes d'eau. Mais le bateau va trop vite et elle ne veut pas réduire la voilure. Elle a besoin de s'éloigner. Du reste, il y a trop de trafic, trop d'hélices, hachoirs triomphants qui brisent la mer et la labourent entre les ports du détroit. Le vide dans la poitrine, le bruit des moteurs entre les tempes, les membres de coton, elle regarde l'eau avec détresse. Tout à l'heure, elle était revenue de la ville la chemise trempée de sueur et des nœuds aux nerfs. Dans sa hâte de se sauver du port, elle n'a même pas pris le temps de se doucher.

« *Non, tu ne vas pas remonter d'une traite. Tu vas jouer à la méduse nomade. Nager. Dormir, promener ta peau. Non, pas te cogner la tête contre les murs des maisons.*

67

*Les yeux des gens. Les certitudes de la terre. Tu t'arrêtes
où tu veux. D'abord à Vulcano.* »

Elle est déjà au bout du détroit lorsque, jetant un
dernier coup œil à Syracuse, elle voit un autre voilier
en sortir cap vers le nord comme elle. Elle pense à
L'Inutile :

« *Adieu, bernard-l'hermite. Tu ne sauras rien des
anomalies de la méduse.* »

Elle reporte son attention sur les nombreuses embarcations, navettes entre Reggio de Calabre et Messine,
hors-bord, vedettes et voiliers remontant le vent en
tirant des bords.

Vent arrière, voiles en ciseaux, le bateau ressemble à
un albatros géant sur le point de prendre son envol. La
poupe soulevée par les vagues, il pique son étrave dans
la mer, se redresse lentement dans un mouvement de
bascule sur la rondeur de la houle, pointe la proue au
ciel, replonge aussitôt, l'arrière déjà hissé sur un autre
dôme d'eau. Si l'allure est agréable, le voilier naviguant
à plat, le risque d'empannage guette la moindre erreur
de barre et devient dangereux par gros temps. Ce n'est
pas vraiment le cas.

Ravie, elle se laisser aller aux vagues et au vent, met
la mer entre elle et le monde, entre elle et elle. Ce conti-
nent liquide est le sien. La mer est son incantation. Elle
est sa sensualité quand elle lèche les recoins les plus
intimes des rivages, son sortilège quand elle hante les
yeux des guetteurs. Elle est son impudeur quand elle
chavire, sans retenue, dans ses orgies et ses fugues, sa

colère quand elle explose et s'éclate contre les mémoires fossiles des terres, remplissant d'épouvante les rochers reculés et les cris des cormorans. Elle est sa complice quand elle roule, court et embrasse, dans une même étreinte, Grèce et Turquie, Israël, Palestine et Liban, France et Algérie. Elle est son rêve en dérive entre des bras de terre, à la traverse des détroits et qui va s'unir, dans un concert de vents, au grand océan. Sa Méditerranée est une déesse scabreuse et rebelle que ni les marchands de haine ni les sectaires n'ont réussi à fermer. Elle est le berceau où dorment, au chant de leurs sirènes, les naufragés esseulés, ceux des causes perdues, les fuyards de Gibraltar et bien des illusions de vivants.

« *Désinhibition verbale, ton lyrisme déclame un amour sans te reconnaître. Même le brame du vent dit d'abord d'où il vient.* »

V

Une voix d'homme interrompt la friture de la VHF :
– Appel au voilier *Tramontane* ! *Tramontane, Tramontane*, est-ce que vous me recevez ?
Après un instant de stupeur, elle fixe la barre à l'aide des amarres, bondit à l'intérieur du bateau.
« *Les policiers auraient tout indiqué. Attribution. Lieu d'appel, port ou navire... Les autres peuvent être n'importe où en mer... Si tu répondais pour voir ?... Ont-ils les moyens de te localiser ?... De toute façon, ils ne vont pas te menacer. Te faire du chantage. Pas par radio... Tu ne peux donc rien apprendre par cette voie, toi non plus... Alors, pas la peine de leur fournir d'autres indices. N'ont pas l'air de savoir pour les faux papiers. La ferme et la planque... Qu'est-ce qu'ils te veulent ? Ont eu l'occasion de te supprimer s'ils l'avaient voulu. Apparemment... Est-ce que la donne a changé ? Un rapport avec l'homme d'Alger ? Ça crame pour toi, par ici. La ferme et tire-toi.* »
Avec des gestes rapides et précis, elle s'empare du pilote automatique, l'installe, va enfiler un jean et une chemise à manches longues sur son maillot, enfouit ses cheveux sous une casquette, chausse des lunettes de

70

soleil. L'appel se répète deux, trois, quatre fois. Étrangement calme, elle se concentre sur l'écoute de la voix. Ce timbre rocailleux, cette façon de rouler le *r* de *Tramontane* ne lui évoquent rien d'autre qu'une prononciation, des sonorités habituelles en Méditerranée. D'où provient l'appel ? Sortie du goulet d'étranglement du détroit, elle y a laissé la plupart des autres embarcations. Trois bateaux à moteur la doublent et prennent un cap divergent pour longer la côte italienne. Le voilier qui a quitté Syracuse après elle est encore caché par le relief du détroit. Quelques navires de gros tonnage traversent la mer Tyrrhénienne en diagonale. Rien d'inquiétant dans les parages. La VHF crachote des bribes de discussion en anglais, probablement entre cargos, avant que l'appel ne se remette à aboyer sur les ondes. Deux voix d'hommes, tout aussi inconnues, se relaient maintenant à le relancer. Debout dans le cockpit, elle écoute, impassible. L'appel finit par se taire. Elle reste longtemps immobile.

Elle regarde tour à tour la mer et le portrait de son père. Le besoin de peindre, celui de se jeter à l'eau, la regagnent aussi indissociables qu'irrépressibles, dans la même intranquillité. Elle saisit pinceaux et fusains sans idée aucune de ce que ses mains vont produire. Des réminiscences atomisées lui reviennent, comme un pianiste, un luthiste, retrouvent inconsciemment les notes d'une partition du bout des doigts. Ses coups de fusain lacèrent le blanc de la toile. Éclairs noirs et foudre silencieuse. Elle a l'impression que son corps n'est plus qu'un fil de fer emporté par la fureur d'un instrument qui le tord et le malmène.

La cascade d'esquisses s'arrête aussi brutalement qu'elle a commencé. Hagarde, elle adosse la toile au rouf, s'écarte pour l'observer. L'horreur bouleverse ses traits lorsqu'elle se rend compte de ce qu'elle vient de dessiner : sur une mer à peine ondulée, une multitude de barques portent des cadavres décharnés. Assise dans l'une d'elles, au milieu, une seule silhouette semble vivante. Elle ressemble étrangement à celle de son père : « Qu'est-ce que c'est ? Pourquoi ? Tu es folle ! »

Elle lève les yeux et découvre qu'elle arrive à Vulcano. Encore hébétée, elle affale la grand-voile, enroule le génois, met le moteur et le sondeur en marche, contourne l'île et se dirige vers une crique qu'elle reconnaît d'emblée. Les fumées du volcan, l'odeur de soufre, les rochers noirs délimitent un cadre familier. Quelques bateaux se balancent autour de leur ancre. Sans les voir, elle imagine des gens prenant un bain de boue chaude au pied du volcan. Elle enregistre ces données, tableau d'une nature dans laquelle elle ne parvient pas à s'incarner.

Elle jette l'ancre par douze mètres de fond à distance des autres embarcations, arrête le moteur, range toiles et fusains sans les regarder, se déshabille et, du rouf, plonge dans la mer. Au contact de l'eau, elle réincorpore ses muscles, ses membres, éprouve ses articulations et souffle. D'une brasse ample, elle se dirige vers l'étrange rocher dressé seul comme un piton à l'entrée de la crique, revient en crawl, repart sur le dos, accélère le mouvement des bras et des jambes. Jusqu'à l'épuisement.

Sortie de l'eau, elle s'enveloppe dans une serviette, s'allonge sur l'une des banquettes du carré et s'endort instantanément.

Lorsqu'elle rouvre les yeux, le silence est profond. Pourtant, elle croit avoir été tirée du sommeil par un bruit particulier. Lequel ? Elle tend l'oreille, ne perçoit que le bruissement de l'eau contre la coque, la respiration d'un nageur près du bateau, des lamentations de mouettes. Son dessin de l'après-midi resté inachevé lui revient à l'esprit. Elle se dit qu'il lui faudra le reprendre, le comprendre et l'écarte de ses pensées.

Avait-elle auparavant cette faculté de passer sans transition d'une urgence de peinture, de la vrille de l'inquiétude à cet état de flottement ? Une sorte de béatitude cotonneuse sur laquelle les idées, les questions n'ont aucune emprise. Dans l'immobilité comme dans le mouvement, son corps et son esprit traversent une juxtaposition de contrastes.

La longue nage de tout à l'heure lui a compacté les muscles, décontracté les articulations. Elle s'étire :

« *Tu ferais mieux de continuer à dormir jusqu'à demain matin. Tu devrais en profiter.* »

– Vous êtes là ?

À qui s'adresse l'interpellation ? La fin de la journée a dû rabattre sur la crique une foule de plaisanciers. Elle doit absolument vérifier la rotation du bateau et celles des voiliers voisins autour de leur ancre pour éviter les collisions de nuit quand tourne la brise. Les marins du

N'ZID

dimanche sont nombreux. Enhardis par les beaux jours, certains délaissent leurs rondes autour des ports et s'aventurent un peu plus loin, inconscients du danger qu'ils encourent ou peuvent occasionner. Elle se lève avec difficulté et se dirige vers le cockpit.

L'homme de *L'Inutile* est en train de nager derrière *L'Aimée* :

– Bonsoir. Je me demandais s'il vous était arrivé quelque chose. J'ai guetté pendant des heures votre apparition sur le pont. Je me suis inquiété. Je suis venu frapper contre la coque. Je vous ai appelée sans réponse. Je commençais à me dire que je devais monter à bord.

Elle répond avec une pointe d'exaspération qu'elle regrette aussitôt :

– Je... J'ai dû dormir profondément. Je... n'ai rien entendu.

L'homme ne semble pas avoir perçu son ton cassant malgré les suspensions du « je ». De faibles mouvements le maintenant à la verticale dans l'eau, les sourcils froncés, il examine l'arrière du cockpit :

– Vous avez changé le nom du bateau récemment. À Syracuse, je n'avais vu que l'avant et les côtés du voilier. Vous vous étiez mise cockpit à la mer. C'est surtout cette lumière rasante et la réverbération de l'eau...

Elle affirme sans se démonter :

– Je n'ai pas changé le nom, juste les lettres. Elles étaient trop cuites.

Il darde sur elle un regard d'une incrédulité manifeste et susurre :

– Après votre départ de Syracuse, deux hommes ont

74

déboulé d'une vedette à la recherche d'un voilier nommé *Tramontane* et d'une femme qui, l'hématome du visage en moins, pourrait répondre à votre signalement.

À sa mine soudain décomposée, il se hâte d'ajouter :

– Ne vous inquiétez pas. Il n'y avait personne à bord des autres bateaux restés là. Avec le cagnard, les gens avaient dû aller manger en ville ou à la plage. J'y ai réfléchi depuis. Je ne pense pas que quelqu'un d'autre vous ait vue au port en dehors de l'homme de la capitainerie et moi, même la veille.

– Vous leur avez parlé ?

– Je peux monter ?

– Oui, oui, montez.

Au lieu de s'exécuter, il reste là brassant l'eau, les yeux rivés sur les caractères de *L'Aimée* :

– Il y a trois arrondis. Ceux sans doute du *m* et d'un *n* de « Tramontane » qui dépassent légèrement du tracé des lettres. Mais, je les vois parce que je sais. Ils s'effaceront dans quelques jours. Le sel de la mer et le soleil vont s'en charger. Sur les côtés, le nouveau nom couvre complètement l'autre.

Satisfait par l'effet de ses paroles, il se décide enfin à nager vers l'échelle, grimpe à bord, s'assied en face d'elle dans le cockpit :

– Je leur ai assuré n'avoir croisé aucun bateau de ce nom ni en mer ni dans un port.

– Est-ce qu'ils sont allés à la capitainerie ?

– Non. Je suppose qu'ils n'ont pas osé. Et puis, ils n'avaient pas de raison de penser que je mentais.

D'ailleurs, je n'ai pas menti. Je n'avais pas vu *Tramontane*. Mais il s'agissait bien de vous. J'en étais persuadé. J'ai pris mon air le plus innocent pour leur répondre.

– Qu'est ce qu'ils ont fait après ?

– Ils sont repartis aussi rapidement qu'ils étaient venus. J'ai quitté le port en même temps. Je les ai vus se diriger vers le sud. Je vous distinguais, beaucoup plus loin, allant vers le nord. Être là, au milieu, me donnait l'impression d'avoir été placé, à mon insu, au centre de l'énigme esquissée par votre première vue. J'ai longtemps regardé vos deux bateaux s'éloigner l'un de l'autre, finir par disparaître, avalés par les côtes opposées de la Sicile.

– Aviez-vous la VHF allumée ?

– Oui. Je les ai entendus. Je me demandais comment vous alliez réagir. Vous êtes restée muette. J'ai décidé de vous rattraper pour vous dire le peu que j'avais appris et essayer de comprendre.

Elle se laisse aller dos au rouf avec soulagement et réalise :

« *Ils n'ont pas appelé longtemps sur la VHF. Ont-ils eu peur de se faire repérer eux aussi ? De se trahir ?* »

Il respecte le silence de sa réflexion, finit par demander :

– Pourquoi vous poursuivent-ils ? Pourquoi avez-vous changé le nom du bateau ? Pourquoi avez-vous failli avoir la tête fracassée ? Je n'ai pas pu imaginer un instant une histoire de rupture amoureuse entre vous et l'un de ces...

– Est-ce que vous pouvez me les décrire ?

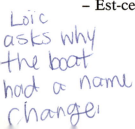

– Bruns. Des gueules de durs sans signe p   r.
Elle tente de détourner la conversation :
– Pourquoi faites-vous tout ça ?
– Vous, vous m'intriguez. Mais eux, je les   s
franchement inquiétants. Il n'en fallait pas tant pour
vous enchaîner un quidam seul et désœuvré. Je suis un
peu beaucoup affabulateur. C'est une engeance qui a
une fâcheuse propension à se casser le nez sur les
drames du monde à force de vouloir échapper à l'instant, à force de se chercher une mythologie.
– Parce que je suis un drame du monde ?
Il étire son corps avec un long remuement de serpent
et, ses yeux de garnement pleins d'étincelles, déclare :
– Je ne voudrais pas vous accabler. Mais quand
même. Vous portez la tragédie dans l'œil et jusque dans
la racine des cheveux. Comme beaucoup de femmes en
Méditerranée. C'est l'une des raisons pour lesquelles les
hommes ont toujours pris la mer : fuir les Mater dolo-
rosa. Le reste n'est souvent qu'un prétexte. On est en
train de perdre cette dernière paix. Maintenant on peut
rencontrer en pleine mer des Ulysse tout en crinière,
en croupe, en poitrail et le noir fiché dans l'œil et au
front. C'est foutu !
– Sinistre ! et misogyne.
– Les deux mamelles de la sagesse.
Il a murmuré ses tirades avec des inflexions de voix
tantôt acerbes tantôt boudeuses. Elle retient son rire :
– Je suis vraiment navrée pour vous. Mais avec votre
gueule d'anomalie et la mienne amochée, il n'y a aucun
risque. La paix est sauve...

77

Il opine avant d'ajouter :
– Je le crois, en effet. De toute façon, je ne suis pas prêt à succomber fût-ce à la plus foudroyante beauté... Mes rapports avec les femmes sont un peu comme vos boulots de commande, une affaire de prostitution... Vous savez, avec ce bleu qui vous dévore le visage, on dirait que vous avez craché votre encre comme une seiche pour vous planquer derrière. Pour vous défendre de quel danger ?
– Je ne sais pas si je dois me sentir vexée. Mais tant qu'à appartenir à une quelconque espèce marine, j'ai déjà opté pour la méduse, si vous n'y voyez pas d'inconvénient.
– Une méduse ?
– Oui, méduse. J'en dessine beaucoup... Je n'aime pas l'opacité et le côté « regardez-moi, regardez toute la noirceur derrière laquelle je me cache » de votre seiche. Ça, ça m'a tout l'air d'être plutôt vous, non ?
Il pouffe, allonge ses longues jambes, pose ses pieds sur la banquette opposée du cockpit, inspecte ses orteils et reporte sur elle un regard d'où a disparu toute trace de sarcasme :
– Vous me montrerez vos dessins de méduses ?
– Non.
– Avez-vous vu un médecin ?
Elle porte un doigt à sa tempe :
– Oui. Il a dit que ça allait... se « résorber ». Rien de grave.
Un long glissement du bateau leur fait lever la tête. Ils observent la lente rotation en ballet des six voiliers

au mouillage. Se détournant du large, ils se présentent tous, nez au volcan. Aussitôt, l'odeur d'œuf pourri des fumées soufrées déferle sur la crique. La brise de mer a forci au crépuscule pour s'éteindre avec lui. Celle de terre vient de se lever avec la tombée de la nuit, rabattant les émanations du volcan sur le mouillage.

Il continue à fixer *L'Inutile*. Elle profite de la trêve pour proposer :

– Je vous offre un verre ? Un bon ?

– Je veux bien, merci.

Sa voix est plus sourde, traînante. Il a retrouvé sa mine revenue de tout. Elle pénètre dans le bateau, s'empare de la bouteille de whisky, de deux verres, rafle au passage un carnet de croquis, un crayon, une gomme, un Davidoff, rejoint le cockpit, sert le whisky et attaque avant qu'il ne reprenne son interrogatoire :

– C'est quoi vos drames à vous ?

– Oh ! Des joyeusetés très répandues. Et j'en passe. Des petits *Dallas* bien à la française : parfois sulfureux toujours sans faste. Rien à voir avec les palaces de vos toiles de guerre et les malfrats qui vous poursuivent en mer. Tout le monde n'a pas la chance de vivre des choses aussi exaltantes que vous. Et puis...

Il se tait, un peu froissé, en se rendant compte qu'elle ne prête plus aucune attention à ce qu'il dit. Le cigare dans une main, le crayon dans l'autre, elle dessine. Cependant sa capacité d'abstraction, ses traits d'enfant réjoui qui s'applique à jouer, les coups d'œil pétillants qu'elle lui jette par-dessus son carnet, les sauts de son crayon qui semble picorer allégrement le papier finissent par le fasciner et l'amuser. Après un moment, elle ouvre les bras, écarte son dessin, s'esclaffe et le lui tend. Il découvre la caricature de sa propre tête sur un corps de seiche tout en longueur qui s'incurve en bas de page, s'effile en cône dans le coin opposé. Un jet noir lui sort de la bouche et dresse un écran devant lui. Il a un œil globuleux, lugubre. Sur le quart restant de la feuille, une multitude de gouttelettes, à peine visibles, composent une méduse. Elle a la forme d'un point d'interrogation à l'envers au-dessus duquel s'écarquille, entre effarement et hilarité, un petit œil rond. Elle a intitulé le croquis : « *L'Aimée* et *L'Inutile* ».

Il rit à son tour :

– Bien vu.

Elle lui reprend le dessin, l'observe de nouveau :

– Ma pauvre méduse. Elle n'a même plus de peau, juste une concentration de gouttelettes d'eau... C'est votre faute. C'est à cause de votre regard... Le titre aussi est à l'envers.

Elle réfléchit un instant, le gomme, écrit à la place : « La mémoire et l'oubli », le lui redonne en concluant :

– Celui-là est à l'endroit et me semble mieux convenir.

Il la regarde avec curiosité :

– L'oubli ? Vous y arrivez, vous ?

– Ce n'est qu'une légende... Vous êtes un intime des mots !

Elle a haussé le ton. Son impatience a raison des autres questions qui se bousculent dans la tête de son visiteur. Le silence s'installe entre eux et dure. Il se résout à siffler la dernière gorgée de whisky et suggère presque timidement :

– J'ai acheté de quoi préparer des spaghettis alle vongole. Je vous invite à manger ?

Comme elle tarde à répondre, il s'empresse d'ajouter :

– Je vous promets que je ne vous harcèlerai pas de questions.

– Alors j'accepte.

– Je reviens vous chercher avec mon annexe. Pas la peine de gonfler la vôtre.

– Je serais venue à la nage. Mais d'accord, d'accord.

Une douche pour se dessaler. Un autre maillot. Une longue chemise par-dessus. Un coup de brosse dans les cheveux. Sans quitter des yeux le miroir. Son visage n'est plus enflé. Le sommeil, un peu de détente, lui ont refaçonné les traits. Mais le bleu a viré au violacé :

– Tu n'es plus bouffie. Mais tu as le coloriage encore plus raté.

Elle hoche la tête, sourit, farfouille dans une trousse de toilette, se met un peu de marron aux paupières et aux lèvres, reprend la brosse pour rabattre sa chevelure sur le côté du visage à dissimuler :

– Tu vas y aller ! Si tu restes, tu vas encore dessiner. Picoler. Pas manger. Te poser des questions sans réponses. Touiller la purée de ta tête à la faire tourner. Tu n'as rien avalé de la journée. Le dessin peut attendre. Et ne dégaine pas ta peur ! Il a dit qu'il n'allait pas te cuisiner. Sa présence te fait du bien. Quand il ne joue pas au détective.

Son sourire s'élargit. Elle hausse les épaules, se détourne du miroir, s'empare du paquet de Davidoff, renonce à chausser des sandales. Lorsqu'elle sort du bateau, son voisin est déjà là, assis dans son annexe, se tenant d'une main à l'échelle, moteur éteint, des rames appuyées contre les cuisses. Il émet un sifflement admiratif.

VI

Assise dans le cockpit de *L'Inutile*, elle le regarde faire la cuisine, l'écoute parler, avec des détails, une méticulosité de gourmet, des différentes olives de Grèce et de Turquie, des kalamata surtout dont il raffole, de leur huile. Il en brandit un jerrycan, « de la meilleure », ramenée de Folégandros, une minuscule île paumée au sud des Cyclades qu'elle croit connaître. Il a un visage heureux :
– Veux-tu un autre verre en attendant ? Vin rouge ? Blanc ? J'ai du frisante au frais.
– Du frisante.

Il sort une table, des sets, des couverts, lui tend un verre de vin et une assiette de kalamata grosses comme des noix. Pendant qu'il s'active encore, elle observe le décor.

La lune a coulé son platine sur l'air et sur la mer. Le volcan ressemble à une cheminée d'usine plombée par une fumée filasse. Les roches tout autour ont l'air d'un chaos de métal rouillé. La brise vrille le miroir de l'eau de fourmillements acier. L'activité du volcan interdit les constructions et préserve une âpreté que la mer exalte et souligne. Les cliquetis des drisses et des haubans, les voix étouffées des autres plaisanciers participent de cette atmosphère de songe.

Elle baisse les yeux, s'adresse mentalement à ce qu'elle entend dans son crâne :

« *Arrête ! Arrête de m'assommer avec tes jolis mots, Désinhibition verbale ! Ce n'est pas comme ça que je vois.* »

Elle replonge dans son somnambulisme habituel que renforce l'effet de l'alcool. Son hôte sort du bateau les bras chargés :

– Tapenade, purée d'aubergine, coulis de tomates sur poivrons grillés. J'ai fait un peu de cuisine cet après-midi en prévision.

Elle a du mal à s'extraire de son flottement. Il la croit happée par le paysage, se tourne vers la baie :

– Les soirs de pleine lune et l'aube sont les plus beaux moments en mer. Peut-être même au monde.

– Je ne l'aime pas trop belle. Elle t'écrase et t'exclut comme une mère indigne. Je la préfère tranquille ou déchaînée. Quand elle te laisse exister. Ce soir, j'aurais dessiné à la lune une face de maquerelle. Le genre hyperfardée qui plastronne. La nature autour aurait été un bordel de lamé blanc. Sans flambeurs, sans beuveries ni fornications. Rien. Les humains n'y seraient que des cohortes de pauvres choses prostrées là... Tu y crois, toi, à la méditation dans des lieux dits très beaux, « transcendants » ? Il me semble qu'il s'agit plutôt d'une crétinisation. Pire, un anéantissement... La niaiserie de la pleine lune fige tout comme une coulée de cire. L'obscurité offre un champ plus vaste à la rêverie.

Il dépose les plats, prend sa tête entre ses mains et la considère avec intérêt. Elle ne lui laisse pas le temps de répondre :

– Tu n'as pas l'impression, des fois, que des récits, des descriptions te tombent dans l'esprit comme des fax ?

– Si ça pouvait m'arriver ! Ça m'éviterait de m'abîmer les yeux avec une loupiote faiblarde quand la charge de la batterie décline... Tu peux m'expliquer ?

– Une voix court dans ma tête. Me raconte...

– Ah bon ! Une voix ? Tu la reconnais ?

– Une voix sans timbre. Pas la mienne. Elle vient de loin. Elle parle d'ailleurs et dit « elle » pour me désigner. Pourtant ses mots sortent en moi. Et moi, où suis-je ?

– Où tu es ? !... As-tu dit ça au médecin ?

– Oui. Mais les toubibs, quand ils ne peuvent pas donner des pilules ou couper... Il a dit qu'un choc sur la tête peut provoquer certains désordres. Parfois une « désinhibition verbale, un comportement débridé ». Que tout ça allait disparaître. Il faudra que je refasse un scanner dans quelques semaines.

Il garde pour lui l'exclamation « Ah, quand même ! » que lui inspire cette révélation. Mais comme elle ne se départit pas de son air malicieux, il ne parvient pas vraiment à savoir s'il s'agit d'une confidence ou d'une plaisanterie. Un moment perplexe, il opte pour la seconde hypothèse, saisit la bouteille de vin, la lui tend et supplie :

– S'il te plaît, file-moi un coup sur la tête pour que je puisse m'absenter de moi-même, pour qu'une conteuse vienne bercer mes insomnies. Et surtout qu'elle ne me quitte jamais. Cela me permettrait de naviguer en me passant des fausses aventures de la terre.

Ils s'esclaffent ensemble.

– Est-ce que tu fais du dessin humoristique pour des canards ?

– Oui.

– La BD ?

Il s'aperçoit de son trouble, pense à une crispation provoquée par la succession de ses questions, se souvient de sa promesse de pas en poser, adopte un ton conciliant pour proposer :

– Mange l'entrée, les spaghettis vont être prêts. Les tellines n'ont besoin que de deux ou trois minutes de cuisson.

Elle pose les yeux sur son assiette :

– C'est beau. Ça sent très bon.

– J'espère que tu aimeras. J'ai mis du gingembre et du carvi dans les aubergines, de la coriandre dans les tomates. Veux-tu un filet d'huile d'olive par-dessus ?

Elle acquiesce, se laisse servir. La faim la prend, la creuse au fur et à mesure des bouchées. Il essaie de parler de Lipari, du Stromboli, le volcan voisin. Elle hoche la tête sans lever les yeux de son assiette une seule fois. Il abandonne à contrecœur. Cependant, son appétit l'enchante et le captive. Elle ne dépose sa fourchette que pour lamper le frisante. Il veille à rétablir le niveau de son verre. Lorsqu'elle a fini, il se lève, va chercher les spaghettis alle vongole, parsemés de basilic frais, en verse les deux tiers dans son plat. Elle les hume, lui sourit avant de s'y attaquer, dévore de nouveau. Il picore encore, attentif à remplir le verre qu'elle vide aussitôt. Son assiette nettoyée, elle pousse un soupir :

– Huuumm, déli-cieux.

– Fromage ?

– Non, merci. Plus rien.

Elle éclate de rire en découvrant son regard éberlué :

– Ça doit être mon désordre. Je ne mange pas. Je jeûne ou je me remplis.

Puis, avec plus de sérieux :

– Des calamars hier soir et un peu de melon. Avant et après...

Une grimace suspend le reste de sa phrase. Elle allume un cigare, lui offre le paquet ouvert. Il répond par un signe de dénégation :

– J'ai arrêté de fumer depuis deux mois. Je n'ai jamais résisté aussi longtemps. Je m'épate tellement que je vais continuer encore un peu.

Le corps en travers du cockpit, les mains sous la nuque, il la considère. Elle se sent fondre à son examen, perçoit les métamorphoses de son regard : questionnement, perfidie, supplique vite étouffée. L'envie de se blottir contre lui la surprend avec la même violence, la même urgence que la veille.

– Je n'arrive pas à t'appeler Ghoula. Pour moi, tu n'es pas libanaise. Même exilés, les Libanais gardent heureusement leur accent chantant.

Le désir de se jeter dans ses bras, ses suspicions, la distance qu'il s'impose... Tout se heurte en elle, la cabre :

– Tu n'as qu'à continuer à ne pas m'appeler. Ce n'est pas gênant, on ne va plus se revoir. Pourquoi ce besoin de contrôle d'identité permanent ? Moi, je ne sais pas d'où tu es. Je ne sais même pas tes faillites et je m'en fous !

– Je t'aurais banalement prise pour une Française. Une Française un peu mélangée, certes. Mais c'est le cas d'un tas de gens. C'est toi qui crées un problème d'identité. Hier soir, tu étais libanaise, grecque ce matin face à un commerçant. Mais même ça, je l'aurais reçu comme une lubie ou... s'il n'y avait pas eu le reste.

– Tu m'as espionnée !

– Un hasard.

– Je commence à en avoir assez de tous ces hasards qui me collent.

Le bruit d'une vedette entrant en trombe dans la crique interrompt leur affrontement. C'est celle des garde-côtes. Malgré la luminosité de la lune, trois hommes en uniforme allument une torche puissante et, moteur au ralenti, font le tour des voiliers, inspectent les coques, éblouissent les plaisanciers. L'onde de leur bateau envoie rouler ceux au mouillage, provoquant une volée de tintements de drisses, de haubans et des nuées de chuchotements. Leur ronde terminée, ils se dirigent vers la sortie de la crique, mettent les pleins gaz avant de l'avoir franchie et disparaissent derrière le volcan.

Visages tendus vers la mer, ils écoutent le ronflement décrescendo des turbines. Le tintamarre des câbles se calme peu à peu. Il se ressaisit le premier et dit :

– Qu'est-ce qui se passe ?

– Total désordre. Les gens de mer se transforment en loups-garous.

Elle écrase son cigare, dégrafe sa chemise, la noue autour de la taille.

– Que fais-tu ? Tu ne vas pas partir ? Il n'est pas tard. J'ai été maladroit. J'en conviens. Pardonne-moi.

– Bonne nuit.

– Attends, je te raccompagne. Ce n'est pas prudent de se mettre à l'eau après un repas !

Elle plonge, nage vers son bateau avec des mouvements rapides, hachés, abandonne sa chemise dans le cockpit, se précipite dans les toilettes et vomit son dîner. Les contractions de son estomac continuent alors que ses boyaux n'ont plus rien à rejeter. Leurs torsions à vide la plient de douleur. Agenouillée devant la cuvette des toilettes, elle se tient le ventre, finit par se lever avec difficulté, s'appuie au lavabo, se rince le visage, va s'allonger dans le carré :

« *Une voix qui te raconte. Un moine navigateur qui te prend pour Satan déguisé en Ulysse. Des inconnus qui te courent après pour ?... Qu'est-ce que tu as fait ? Mais qu'est-ce que tu as fait ? !* »

Son mal s'atténue, mais le vide de sa poitrine grandit et la propulse dans l'eau. Elle nage vers le fond de la crique, ne regarde ni le relief ni les autres bateaux. Le nez au ras de l'eau, elle s'applique à décomposer ses mouvements, à respirer. Arrivée au bord, elle distingue par transparence les roches du fond, masses sombres dans le sable clair, retourne vers le bateau sans poser pied à terre par crainte des épines d'oursin. Elle ne sait plus s'il y en a à cet endroit. Elle a l'esprit à l'envers. Un arrêt, accrochée à l'échelle de *L'Aimée* pour reprendre son souffle, et elle repart vers la sortie de la crique cette fois. Elle s'éloigne, nage longtemps. Par moment, l'eau a une couleur de lait, à d'autres, elle devient chocolat ou café. Elle pense au clair de lune, aux reflets des rochers, aux changements du niveau marin et de sa composition. Son champ de vision, à fleur de mer, transforme cette variation de tons en une impression de déplacement d'onde. Des creux et saillies, synchrones de sa nage, lissés par le silence, lavés du monde.

Elle remonte sur *L'Aimée* en titubant, ramasse la chemise détrempée qu'elle avait abandonnée dans le cockpit, va la rincer dans la cabine de bain avec le maillot retiré, passe un jet d'eau douce sur son corps, revient étendre le linge dehors. Au moment où elle pivote sur elle-même pour regagner l'intérieur du bateau, son regard balaie pendant quelques fractions de seconde, sans les enregistrer, *L'Inutile*, la silhouette de son voisin, le bout d'une cigarette qui brasille à sa bouche.

Avec des gestes harassés, ses mains trillent parmi ses planches et croquis. Elle retourne, pour ne pas la voir, l'esquisse des barques aux cadavres, adresse un sourire complice à ses méduses, s'empare du portrait de son père, d'un grand papier blanc, se dirige vers sa couchette, allume la veilleuse de la cabine, éteint les autres lumières. Une lassitude embrumée par le sommeil

l'allonge sur le côté. Elle adosse le portrait de son
père à la paroi, en face d'elle et, les yeux déjà absents,
dit à la feuille blanche qu'elle tient entre ses mains :
– Te dessinerai, demain.
Puis elle s'endort avec la lumière.

Une détente de ressort l'éjecte hors de la cabine.
Elle sort la tête du bateau. La lune n'est plus. L'aube
commence à pointer. La mer murmure au pied du
volcan qui fume. Le ciel et la roche croisent leurs
reflets bronze et acier dans l'eau blême. Les voiliers se
balancent en silence comme une procession de fantômes.

Enduisant son index de rouge à lèvres brun, elle
descend dans la jupe du bateau, maquille l'arrondi des
lettres qui dépassent, estompe, juge l'effet. Elle a réussi
à jaunir les parcelles restées plus claires, effaçant la
différence de teinte de la coque. Elle recule, apprécie
encore le résultat avant de remonter.

Elle met le moteur en marche, règle son ralenti, tire
doucement sur la chaîne de l'ancre, attentive à ne pas
perturber le sommeil du mouillage, vire et gagne la
pleine mer.

La brise vient de l'arrière, trop faible pour gonfler le
génois. Elle se résout à le réenrouler, monte un tangon,
largue le spi qui déploie son arc-en-ciel à l'avant du
bateau, l'arrachant à l'immobilité. Elle examine sa prise
de vent, ajuste les écoutes avant d'installer le pilote,
jette un œil aux instruments : le loch indique six nœuds,
l'anémomètre quatre. Elle s'émerveille comme toujours

91

que le voilier puisse avancer plus vite que la brise qui le pousse. Descendant à l'intérieur, elle prépare du café, revient le déguster sur le pont en picorant trois madeleines.

La mer et le ciel ne sont plus qu'une même irisation violine et rose. Le portrait de son père posé à proximité, elle saisit la planche choisie la veille. Ses doigts n'ont plus la fièvre avec laquelle ils avaient traqué le visage de son père. Ils se meuvent avec le calme et la souplesse de ceux du calligraphe quand elle trace de longues courbes, la minutie de ceux de l'archéologue dans un champ de fouilles, quand elle gomme, rectifie, précise un détail. Elle ne pense à rien. Elle s'abandonne à son instinct, à la recherche de ses mains.

Un visage de femme émerge peu à peu, exige quelques retouches avant de la satisfaire : les pommettes un peu plus hautes, les sourcils légèrement plus longs, l'ajout d'une poitrine qui bombe le papier, menace de le déchirer, d'une main droite dont l'index, posé sur les lèvres, lui impose le silence, d'une expression de confidence teintée de complot dans les yeux. Dès que les siens croisent ce regard-là, elle s'écrie en frissonnant dans la chaleur du jour naissant :

– Zana !

Elle murmure encore, éperdue :

– Zana, Zana, où es-tu ? J'ai besoin de toi.

Après un instant d'interrogations muettes, elle dépose le portrait auprès de celui de son père, continue à fixer l'un et l'autre. Zana a un visage noble, les cheveux bruns ramassés sur la nuque. Elle n'est pas sa mère… Elle s'insurge aussitôt contre cette pensée et tranche :

« Zana est plus que ça, beaucoup plus… Zana, c'est toi qui m'appelles Ghoula ! J'entends ta voix ! »

Le bonheur mouille ses yeux, la cloue durant quelques minutes. Une soudaine révélation la propulse à l'intérieur du bateau. Saisissant son calepin, elle en parcourt les pages attentivement, y trouve une Zana, du nom de Guendouze. Face à deux numéros de téléphone, figure une adresse à Montpellier.

Elle esquisse un mouvement vers la VHF, réalise que leur conversation serait écoutée par tout le monde marin, regrette pour la première fois de ne pas posséder un téléphone portable :

« Tu l'appelleras d'une cabine à terre. Elle, elle sait qui tu es. »

Les battements du spi l'arrachent à l'émotion. Le bateau est englué dans une brume opaque. Une mélasse qui ne laisse aucune visibilité. Il n'y a plus un souffle d'air. Tout absorbée par son dessin, elle ne s'était rendu compte de rien. Traversant le pont à grandes enjambées, elle vire le spi qui pend, décroche les mousquetons du tangon, le pose au pied du mât, démarre le moteur, serre l'écoute de grand-voile, s'empare de la corne de brume et retourne vers l'arrière.

La brume est un cauchemar pour les marins, surtout dans les zones de trafic intense ou près des côtes. Mais elle, elle échappe même à cette inquiétude-là. Au lieu de se poster en vigie, elle se dit avec nonchalance :

« Ta route s'écarte de la Sicile, de son chapelet d'îles. Les

navires ont des radars puissants. Les autres ne vont pas très vite... et puis, au moteur, on peut virer rapidement. »

Sans souffler une seule fois dans la corne de brume, elle reporte son attention sur les deux portraits. En vain. Comme si l'effort de concentration fourni précédemment avait épuisé les maigres ressources de son cerveau. Elle lève la tête sur la brume et ironise :

« *La même bouillie que dans ton crâne. Si seulement tu pouvais mettre la mer à sécher derrière un volcan !* »

Elle rentre les portraits pour les préserver de l'humidité, sort son carnet d'esquisses, oppose sa capacité d'invention à la défaite du souvenir, murmure au blanc de la page : « Hagitec-magitec ! » Elle dessine un bernard-l'hermite sans les carapaces squattées. Une méduse lui scrute les entrailles en déployant sa peau translucide. Ensuite, elle s'attelle à une série de scènes opposant les êtres écorchés à ceux qui n'ont pas de tripes.

La brume met plus de deux heures à se dissiper autour de *L'Aimée*. Pourchassée par un petit vent venu du nord, elle s'est plaquée contre le relief au sud et cache encore les îles et la Sicile. Partout ailleurs, la mer plisse la lumière. Le bleu du ciel est violent. À peine sorti de l'eau, le soleil a déjà l'entière brûlure de juillet. Le bateau qui dégoulinait d'humidité sèche en quelques minutes. Toutes voiles dehors, au près bon plein, *L'Aimée* file à plus de huit nœuds.

Un bourdonnement la fait se retourner. Une vedette se dirige droit sur elle. Chaussant les lunettes, elle reconnaît à sa couleur celle des garde-côtes, résiste à l'affolement et s'apprête à les affronter :

« *Ils ont vu le bateau hier. Ils n'ont pas tiqué. Mais... ce ne sont peut-être pas les mêmes.* »

Ils sont rapidement là. L'un d'eux enlève son képi et lui intime :

– Gardez votre cap. Nous allons nous rapprocher et monter sur votre voilier. Simple contrôle.

Ils se mettent bord à bord. Deux d'entre eux sautent sur *L'Aimée*. Les deux autres maintiennent la vedette à proximité.

– Vos papiers et ceux du bateau, s'il vous plaît.

Elle va les chercher, les leur tend sans un mot. Ils les examinent, les lui rendent :

– On va fouiller, avec votre permission.

– Mais qu'est-ce qui se passe ? Qu'est-ce... ?

– Contrôle de routine, coupe l'un en pénétrant dans le bateau.

L'autre s'attarde, la regarde et dit d'un ton rassurant :

– Nous cherchons une femme seule sur un voilier. Nous avons appris, tard hier soir, votre présence par ici. Nous voulons juste vérifier.

Il rejoint son collègue à l'intérieur. Elle les entend soulever les couvercles des coffres du carré, déplacer leur bric-à-brac, inspecter ceux des couchettes arrière. Pétrifiée, elle pense aux indices cachés sous la couchette avant :

« *Et la lettre ? Où as-tu mis cette foutue lettre ?* »

Les bruits cessent soudain à l'intérieur du bateau. Un long moment s'écoule sans qu'elle en perçoive aucun.

La panique de son cœur s'accroît. Elle les imagine le nez sur le contenu de la mallette ou lisant le mot. En se penchant vers la porte, elle constate d'abord que la couchette à l'avant n'a pas été touchée. Pas encore. Elle découvre ensuite les mines ahuries des deux hommes face à ses croquis de méduses. Le premier à avoir entrepris la fouille lève vers elle un visage compatissant :

– Ah, vous êtes artiste !

Déposant avec précaution les toiles, ils remettent le carré en ordre, sortent, jettent un œil vers le carnet de croquis abandonné dans le cockpit. Le même homme la dévisage longuement avant de dire :

– Vous risquez de prendre d'autres coups de bôme si vous dessinez tout le temps au lieu de surveiller votre bateau.

Elle serre les dents sur sa propre réplique et leur offre son sourire le plus niais.

– Où allez-vous ?

– Nord Sardaigne.

– Où exactement ?

– Probablement Olbia pour refaire des vivres, ensuite plus haut.

– Bonne navigation, et faites attention.

Ils la saluent et quittent son bord pour le leur. Après un bref échange en italien avec ceux restés sur la vedette, ils se mettent à rire aux éclats et s'éloignent à vive allure, cap sur la Sicile. Étourdie par la rapidité de leur intervention, elle se rend compte qu'elle n'a pas eu le temps de risquer une seule question, s'affale dans le cockpit :

« *Ils ne t'ont pas arrêtée à cause des faux papiers. Mais tu es recherchée. Tes dessins t'ont sauvée. Une femme assez farfelue pour occuper son temps à des histoires de méduses, tout aussi bêtasses, ne peut fricoter avec le danger, n'est-ce pas ? Rassure-moi !* »

VII

La course des vagues enfle et monte. Le bateau tangue, tape dans les creux. Son fracas et l'assaut de l'eau lui ressassent à l'infini : « Zana, Zana, Zana... » Sous la pointe de son crayon, une méduse a pour la première fois un visage humain, le sien. Elle danse à la plainte d'un luth. La mer lutte contre le désert qui s'avance. Le corps à corps du sable et de l'eau finit par pétrifier la houle :

– N'zid ?

Une voix d'homme vient des dunes.

– Zid ! Zid ! Continue ! Continue ! Hagitec-magitec, raconte-moi le désert, implore la méduse.

Sur la planche suivante, elle est une clef de sol accrochée au manche du luth. La musique obsède le dessin. Court-circuitant la menace des mots, elle rive les sens à son jeu sur l'épiderme, sur la rétine et sur les nerfs tendus comme des cordes. Les pinceaux poursuivent leur odyssée. Ils mélangent mer et désert, racontent l'onde et la dune, l'écume des lames et les rimes de l'erg, la gomme des brumes et les mirages du reg quand la lumière les a bus jusqu'au tannin. La violence des couleurs, les explosions de leurs tourbillons tracent le brame de la tourmente dans le tumulte des eaux, dans les éructations des sables. Ils disent les fulgurances du vent lorsque, le temps d'une folie, il déchire sable et eau, suce une giclée de poudrin, une pincée de poussière, s'élance, se vrille au ciel pour donner à l'étoile le baiser de l'algue, la fleur de sel de la sebkha.

L'après-midi est en train de s'achever quand, au bout du troisième appel, la VHF parvient à arracher son attention au dessin :

– *L'Oubli, L'Oubli*, réponds-moi !

Reconnaissant la voix de Loïc, elle jette un regard derrière elle. La mer frise et moutonne à perte de vue sans l'effraction d'aucune voile. Elle bondit à l'intérieur, saisit le combiné :

– Oui ?

– Ici, « La Mémoire ».

Ils rient en même temps.

– Alain est à la barre ? Est-ce que vous avez pris la météo ?

– …? Non, pourquoi ?

– Un coup de vent du nord de force huit est annoncé pour la nuit.

Le combiné toujours dans la main, elle se hisse sur les marches de l'escalier, observe la houle qui malmène le voilier :

– La mer est déjà forte, plus forte que le vent. Le bateau tape. Ça commence à être un peu infernal.

– Ce n'est pas un temps pour remonter. Vous devriez

vous abriter quelque part et attendre que ça passe. La nuit va être très chahutée.

Redescendant les marches, elle regarde la carte :

– L'île d'Ustica doit être à bâbord. Je ne sais pas si je... nous l'avons peut-être dépassée. Il faut refaire le point.

– Refaites le point et allez-y. Ça va, sinon ?

– Ça va... Loïc... Pardonne-moi pour hier soir.

– Ne t'inquiète pas. C'était de ma faute.

– Salut.

– Au revoir.

Elle raccroche doucement le combiné, le considère durant un moment. Elle vient de l'appeler par son prénom. C'est la première fois. En proie à un accès de tristesse, elle se dit qu'elle ne le reverra sans doute plus. En sa présence, elle n'avait pas remarqué que sa voix pouvait aussi adopter cette chaleur grave. Elle aurait aimé l'entendre encore. Pourquoi se dépêche-t-elle toujours d'abréger leur conversation ? Seulement parce qu'elle a si peur de sa tendance à fouiner ? Est-il encore à Vulcano ou a-t-il gagné un port ? Elle ne le lui a même pas demandé. Elle ne sait rien de lui. Absolument rien.

Les bruits du bateau la ramènent aux urgences du moment. Elle constate la chute du baromètre, relève le nombre de milles parcourus, le cap qu'indique le compas et précise sa position sur la carte. Elle a laissé l'île d'Ustica au sud-est, à quelque dix milles. Quarante-huit heures de navigation la séparent encore du nord de la Sardaigne. Elle se réjouissait tellement à l'idée de passer deux jours et une nuit en pleine mer. Deux traversées en une. Le vide de l'espace et le temps plein du dessin, les confins de sa liberté :

« *C'est casse-cou par ce temps. Tu n'es pas en course... Qu'est-ce qu'il y a au bout de la mer ? Le désert ? À Ustica, tu pourras téléphoner, acheter les journaux...* »

À contrecœur, elle pousse la barre à tribord, détache en même temps l'écoute du génois, vire, le reprend de l'autre côté. Aussitôt, le voilier s'arrête de taper. Le tintamarre des vagues, les sifflements du vent s'atténuent. La houle qui, quelques secondes auparavant, le contrait, le porte maintenant. Au grand largue, appuyé sur ses longues oscillations, le bateau prend de la vitesse et une allure plus confortable. Entraînée dans les descentes de vagues, l'hélice s'emballe par moments avec des saccades de quintes de bouc en rut.

Les voiles ajustées, elle s'installe à la barre. Elle devrait arriver à Ustica avant la nuit.

La mer bout et fume en lessivant le monde. Le ciel est tendu comme un linge amidonné. Le vent forcit, marmonne et grogne dans les voiles, joue des ratés de violon avec les haubans. Attentive à la barre mais distante des éléments, elle se laisse bercer par leurs mouvements et leurs clameurs. Une évidence, occultée depuis deux jours, fait irruption dans son esprit. Elle la formule avec calme :

– Pas dessiné la mère... Pourquoi ?

Le constat s'efface dès son énonciation. Les hurlements du vent la replongent dans un état second. Soudain, une voix perce du tumulte, d'abord lointaine puis de plus en plus proche. Elle raconte une tempête.

Elle se tait, écoute, ne parvient à saisir que des bribes de récit étouffé par la charge des images : un hangar immense, la stature massive de son père, la crinière et la moustache d'un blond-roux qui moussent autour de son visage anguleux. Posté devant la carène d'un bateau, il a des outils dans les mains. Des odeurs de sciure de bois et de résine inondent ses narines. Elle a cinq ou six ans et dessine de hautes falaises noires sur lesquelles s'écrasent des rouleaux monstrueux. À cheval sur leur ressac, son père tient une barre. Il n'est pas sur un bateau. L'océan tout entier est son vaisseau qui monte et descend, tangue entre ciel et terre. Le vent corne dans le hangar.

Elle chavire, ferme les yeux pour retenir les faveurs de cette frayeur. Des paroles du père, un seul mot devient intelligible : l'Irlande. Ce nom se dilate dans sa tête, la relance vers d'autres salves de paysages, d'atmosphères. Valses rapides. Vertige. Elle ne peut plus rien voir. Tout tourne. Stries et stridences. Elle serre davantage les yeux. Jusqu'au silence. Jusqu'au calme d'un autre temps, d'une autre voix. Celle de Zana sourd doucement dans l'obscurité. Blottie contre elle, elle se sent merveilleusement petite entre ses gros seins. Elle a planté son minois dans la chaleur de leur creux. Ils l'enveloppent. La main de Zana lui caresse le dos. Le temps s'arrête sur une musique lente. C'est un vieux chant andalou. Sa mélodie l'emporte. Zana lui chuchote à l'oreille : « Hagitec-magitec ». Elle rouvre les yeux :

« *"Hagitec-magitec !"... Zana, tu prononces toujours*

cette formule avant tes contes d'Algérie. Des histoires de Djaha[1], de Targou[2], de Ghoul[3] et de Ghoula. Moi, je dis "Hagie-magie". Ça te fait rire... "Hagitec-magitec", maintenant, je me souviens de leur signification : Je te conte sans te venir ? Je te donne mon conte sans me livrer ? Tu vas avoir mon conte, mais tu ne m'auras pas ? Quelque chose de ce goût-là ! »

Elle rit de bonheur, se lève, enjambe la barre pour la placer entre ses cuisses, tend les bras au ciel, s'étire avec l'impression de planer au-dessus de la mer. Puis, portant son regard vers l'avant :

– Les récifs !

Ustica se dresse à quelques centaines de mètres : cône noir d'un volcan éteint, chapeauté par un petit village blanc. La houle qui se brise autour l'orne d'une frise allumée aux feux de la quincaillerie nostalgique du couchant. Elle vire d'un coup sec, se met face au vent, enroule le génois, affale la grand-voile, démarre le moteur et s'apprête à gagner le port.

Un port miniature, quatre voiliers, guère plus de bateaux de pêche, quelques barques. Une petite route en lacets s'éreinte à l'assaut du piton rocheux vers le village perché sur son nid d'aigle. Elle embrasse du regard le panorama et sourit à la pensée que la Méditerranée ne peut rien lui cacher. Mais il lui faudra attendre de retrouver complètement la mémoire

---

1. Personnage de conte drolatique.
2. Personnage de conte fantastique.
3. Ogre.

pour compter les rares lieux encore méconnus de cette mer, comparés aux étendues des rivages de ses voyages.

À peine amarrée, elle enfile une robe, s'empare de son sac et part à la recherche d'une cabine téléphonique. La sonnerie retentit dans son corps. Cinq, six, sept... personne ne répond. Elle recompose les deux numéros de Zana plusieurs fois dix minutes durant avant de se résoudre enfin à quitter la cabine au bout du port pour gravir la route vers le village.

Elle n'y trouve pas la presse française. Peut-être est-elle arrivée trop tard. Il est vingt-deux heures passées. La vue des restaurants, des gens attablés, lui creuse l'estomac. Elle réalise qu'elle n'a encore rien mangé de la journée. Les heures de navigation par mer démontée et la faim la plongent dans un état d'ébriété et de lassitude proche de l'écroulement. À présent, elle est tout à fait consciente des bizarreries de son comportement et sait qu'elle ne tiendra pas longtemps à ce rythme. Mais l'envie de retourner au bateau pour écouter les informations, essayer de téléphoner, prendre une douche est plus forte. Son vêtement lui gratte la peau comme une toile d'émeri. Le sel et le vent brûlent son visage, ses membres nus. Elle rebrousse chemin à pas lents, courbée contre les rafales.

C'est la pleine lune. La mer fracasse son zinc sur les rochers. Le vent cingle. Les sonnailles des haubans surplombent le roulis des bateaux. Un concert de métal hurlant.

Une autre tentative au téléphone s'avère tout aussi

vaine. Elle regagne le voilier, allume la radio et se met sous la douche en se promettant :

« *Ce soir, tu vas manger, pas vomir… réfléchir et dormir.* »

En sortant de la cabine de douche, une serviette autour du corps, elle sursaute en entendant :

– Je suis venu te rapporter tes cigares. Tu les as oubliés hier soir.

Elle est si heureuse de revoir Loïc qu'elle doit réfréner son envie de courir se jeter dans ses bras. Debout sur le seuil, le paquet de cigares entre pouce et index, il observe sa réaction. Ses traits se détendent à son sourire. Il ajoute :

– Et puis, il faut que tu me donnes un troisième fax. Ma conteuse sèche.

– Le troisième, déjà ? Je ne t'ai pas entendu arriver. Entre. Je m'habille.

Poussant la porte du compartiment avant, elle se glisse dans une robe jaune, brosse ses cheveux, applique une touche de brun sur les paupières et les lèvres, chausse des sandales.

– Tu devais être au village quand je suis entré au port. *L'Aimée* était fermé.

Il a prononcé *L'Aimée* d'un ton narquois. Elle se dévisage dans le miroir, sourit, adresse un clin d'œil complice à son reflet. Lorsqu'elle réapparaît, il l'accueille avec une mimique extasiée et dépose les cigares sur la table :

– Je t'en ai piqué trois ou quatre. Te voilà presque humaine, enfin… sortable. Je t'invite à manger ? On doit pouvoir trouver un restaurant correct.

– J'ai très faim. Mais je n'aurai pas la force de remonter là-haut. Je suis trop groggy. Et puis, je ne supporterai pas le brouhaha.

– Tu viens sur *L'Inutile*? Je dois avoir de quoi nourrir même une ogresse, si tu n'es pas trop exigeante.

Elle acquiesce avec un sentiment de reconnaissance, s'empare de son calepin et des cigares :

– Je te rejoins. Je vais d'abord passer par la cabine téléphonique.

– J'ai un portable sur le bateau. Je te le prête.

– Ah bon!? tu emmènes un téléphone portable en mer, toi?

– Tu sais la portée est limitée à quelques milles des côtes. J'ai un fils. Il faut qu'il puisse me joindre de temps en temps...

– Hum! Les enfants sont le prétexte à un tas de choses. Quel âge, ton fils?

– Dix-sept ans. Un homme.

Il la voit tout à coup se figer devant la radio à l'annonce d'un flash d'information. Elle lui tourne délibérément le dos, s'appuie à la table à cartes et écoute. Il sort, s'assied dans le cockpit et l'attend.

Les lignes de Zana ne répondent toujours pas. Elle remet à plus tard une autre tentative, aide à dresser la table à l'intérieur. La force du vent leur interdit de prendre leur repas dehors. Il faut même fermer à moitié le seul hublot encore ouvert pour empêcher les serviettes, les papiers, les cartes de s'envoler. Puis elle s'applique à manger avec le même appétit que la veille mais en s'efforçant de rester attentive à son hôte. Son air sarcastique lui paraît trop ostentatoire pour être vrai. Une parade opposée, sans doute, au siège d'une profonde mélancolie. Il ne pose aucune question.

– Les garde-côtes m'ont contrôlée en mer. Ils ont fouillé le bateau. Est-ce que tu les as aperçus?

– Si je les ai aperçus! Ils m'ont visité aussi. Ils cherchent une femme sur un voilier, eux aussi. Décidément... Mais ils ne connaissent pas *Tramontane*. Du moins, pas encore. Je leur ai parlé des deux hommes qui te poursuivent et donné leur signalement. Je dois faire une déposition avant de quitter Ustica.

– Ah bon!?

– C'est toi qui as commencé avec les questions. Alors tu ne pars pas!

– Non, je ne pars pas. J'ai besoin de savoir...

– Moi aussi... Je ne sais pas ce que tu caches. Mais tu as intérêt à faire gaffe. Ils vont te suivre à la trace. Une femme seule en voilier, le tri sera vite fait. Pour l'instant, j'ai l'impression qu'ils ont beaucoup de cases vides, qu'ils ignorent presque tout de la ou des personnes recherchées.

– Moi aussi.

– Comment ça?

Elle désigne son crâne:

– Le coup que j'ai reçu... J'ai complètement perdu la mémoire.

– Complètement?... Tu veux dire que tu ne sais plus rien du tout?... Même sur toi?

Elle répond d'abord par un signe de la tête avant d'ajouter:

– Depuis deux jours, je commence à retrouver des fragments de vie, des images, des visages, le prénom d'une femme, celle que j'essaie de joindre au téléphone. Elle seule peut m'aider.

Les yeux écarquillés par la surprise, Loïc garde le silence pendant un moment. Consciente de l'énormité de ce qu'elle vient d'annoncer et soulagée d'avoir pu enfin en parler, elle se tait aussi. Au bout d'un instant, Loïc se lève, débarrasse la table avec des gestes lents, saisit deux verres, une bouteille de whisky, se rassied, lui tend à boire, appuie les coudes à la table :

– Bois !

Elle s'exécute volontiers, les yeux rivés sur lui.

– Moi, je sais qui tu es.

Elle détaille ses traits comme si elle ne l'avait jamais vu. Elle ne l'a jamais vu avec cet air-là. Le front, le nez, la bouche. Tout son visage à elle se tend vers cette bouche. Elle la touche des yeux :

– Tu sais ? Qu'est-ce que tu sais ? Comment ?

Livide, elle pose le verre, accroche les mains à la table pour dissimuler leur tremblement, finit par allumer un cigare.

– Je sais depuis hier que tu t'appelles Nora Carson.

– Nora Carson ? !

Elle a crié et bondi. Il lève une main pour l'arrêter :

– Attends, attends. Après avoir vu les deux hommes qui cherchaient une femme à bord d'un voilier nommé *Tramontane* et découvert que le nom du tien avait été changé récemment, j'ai téléphoné à la capitainerie de Sète. J'ai prétexté que, dans un port, j'avais été voisin de *Tramontane*, que les propriétaires avaient oublié des objets de valeur à bord du mien, que je tenais à rendre. J'ai baratiné un peu le bonhomme. Il a fini par me donner ton nom et ton adresse à Paris.

– Et c'est quoi, mon adresse ?

– Tu habites au 21, rue des Saints-Pères.

Elle siffle le reste de son verre. Il la ressert.

– Tu as téléphoné hier, à quel moment ?

– À Vulcano, au cours de l'après-midi. Je te l'aurais avoué le soir, si tu ne t'étais pas sauvée. Je n'ai pas fini... Est-ce que tu veux que je continue ?

Elle acquiesce.

– Les consonances étrangères de ton nom et de ton prénom, tes identités changeantes, la visite des flics aujourd'hui, tout ça m'obsédait. Cet après-midi, en naviguant, j'ai repensé à la facilité de ton coup de crayon hier soir, à tes histoires de peintre. J'ai téléphoné à un copain journaliste, rubrique culture. En lui donnant ton nom, il m'a appris que tu es un auteur de BD. J'avoue mon ignorance dans ce domaine.

– Quel détective ! Je suis impressionnée ! Tu as là de quoi te reconvertir, tenir en échec les faillites les mieux méditées.

L'ironie de sa voix ne le trompe pas. Tendant la bouteille vers elle, il lui ressert un autre whisky qu'elle avale cul sec avant de se laisser aller, dos contre la banquette, en tirant sur son cigare avec avidité. Des évidences surgissent du brouillard de son esprit. Des liens se tissent. Elle résiste à l'envie de vomir :

– Est-ce que je peux te demander un café, s'il te plaît ?

109

Il se lève, vient près d'elle. À genoux sur la banquette, il lui prend la nuque entre ses mains et la masse :

— Calme-toi, essaie de te détendre. Tu ne pouvais pas continuer comme ça.

Durant un moment, elle s'abandonne à la friction savante de ses doigts, apprécie ses bienfaits sur les contractures de son cou et de ses épaules. Puis elle s'écarte, le repousse doucement en lui soufflant sa fumée au visage. Il cligne des yeux, bat en retraite en souriant :

— Je fais du café.

— Nora Carson !... Tu sais quelque chose d'autre ?

— Non... Mais c'est facile, dans ce cas, de trouver d'autres éléments. Il suffirait de te faire faxer une revue de presse. Quoique j'imagine qu'il doit y avoir beaucoup d'élucubrations.

— Non, pas comme ça. Tu ne vas pas t'y mettre, toi aussi, avec les histoires de fax.

Debout dans la cuisine, il se contraint à ne pas la regarder, à lui accorder un peu de répit. Dehors, le vent hurle de plus belle. Le tintamarre des drisses des grand-voiles, des câbles des mâts hante les rochers. De retour avec le café, Loïc se rassied en face d'elle :

— Et les hommes qui cherchent *Tramontane* ? Pour-quoi tu les fuis ? Que s'est-il passé entre vous ?

En buvant son café, elle résume son réveil en pleine mer, la lettre trouvée, ses injonctions, la falsification du nom de son voilier, le pressentiment encore très vague de l'existence d'un lien entre son histoire et la disparition d'un Français en Algérie, les rares autres éléments en sa possession.

– Hé ben !

Muet de stupéfaction, il détourne le regard de son visage défait. Elle renverse la tête sur le dossier de la banquette. Les yeux dans le vide, elle écoute le vent, les fouets des haubans, la voix en elle, se recueille :

– Nora, oui ! Je me souviens... C'était le prénom de la femme de James Joyce. Elle était originaire de Galway, comme mon père. Je suis sûre qu'il n'a jamais lu Joyce. Mais il était furieusement, douloureusement Irlandais. En arabe, Nora signifie « lumière », quelle fumisterie !

– Je ne vois pas le rapport...

– Ma mère était algérienne. Quand je suis née, ils ont essayé de trouver un prénom qui convienne à tous. Il paraît que la recherche a été très longue, cause de disputes homériques. Bien sûr, la concorde sur un mot n'a pas empêché le reste. Je n'ai jamais compris comment ces deux-là avaient pu vivre ensemble. Les guerres et les exils provoquent parfois de ces passions... Il venait des brumes et des pluies du Nord, de la langue gaélique. Elle arrivait du Sud, du soleil et de l'arabe. Ils fracassaient ensemble le français. Il était grand et roux, elle, fluette et brune. Ils se sont jetés l'un sur l'autre comme des affamés. Enfant, je les ai toujours vus l'un contre l'autre. Ils s'aimaient et se déchiraient avec la même violence...

Elle regarde Loïc avec une mine inquiète, écoute le vent, hésite longtemps à poursuivre :

– Nora Carson !... Je me vois petite, très petite... Quel âge ? Quatre ou cinq ans ? Peut-être. Pas plus. Mon père a loué un hangar pour commencer à construire un voilier et un rêve : nous emmener à Galway sur un superbe cotre. Il en était parti sur une barcasse munie d'un gréement qu'il avait rafistolé. Un jour, en rentrant avec lui de ce chantier, nous avons trouvé l'appartement vide.

Lentement, elle hisse les pieds sur la banquette, pose la tête sur les genoux, semble se recueillir de nouveau et continue dans un chuchotement :

– Ma mère était repartie en Algérie. Nous ne l'avons plus revue...

La prononciation de ce nom, l'Algérie, la laisse sans voix. Loïc murmure en hochant la tête :

– J'aurais dû me douter qu'il y avait une histoire de mère derrière ça. Il y a toujours une histoire de mère dans les têtes cabossées.

– Ta mère à toi, elle...

– J'aurais dû faire une fille. Elle seule aurait pu... Foutaise ! Tu me fais dire n'importe quoi.

Elle est trop bouleversée pour le questionner. Elle est dans la peur. Une peur qui change de nature et de niveau dans son corps. Des battements brûlants du cœur, de la poitrine et du souffle, elle tombe tout en bas. Un nœud. Un poing... Lourd et froid. Sans douleur. Juste un poids de gel qui diffuse. Au bout des doigts. Sous les cheveux. Le silence et le vide de la neige dans la tête. Elle soupire :

– Je déteste la neige... Heureusement qu'il y a eu Zana.

Loïc ne comprend pas l'allusion à la neige mais se garde d'intervenir. Après un long silence, elle s'accoude à la table, les yeux fulminants, et reprend :

– Les ruptures d'abord, la mort ensuite ont fauché

tous les délires d'Irlande de mon père, un colosse avec le Gulf Stream dans les narines et dans les pensées. L'Irlande, l'Algérie et la France... Trop de terres pour un corps qui n'existait que dans le dessin. Une page me suffisait.

Elle se tait, ferme les paupières. Quelque chose s'effondre en elle ou se reconstruit. Elle ne sait pas dans quel bord se situe le chambardement. Si elle en prend conscience, cela la dépasse encore. Elle rouvre des yeux hagards :

– Je n'ai jamais autant parlé. Jamais été aussi saoule ! Je n'aime pas les mots. Surtout dans ma voix. Ils m'écrasent et m'étouffent. Je préfère la légèreté du dessin. Dès l'enfance, le dessin a été ma façon de ne choisir aucune de mes langues... Ou peut-être de les fondre toutes hors des mots, dans les palpitations des couleurs, dans les torsions du trait pour échapper à leur écartèlement. Ensuite, j'ai mis une voix d'eau entre les langues. Pour les terrifier ou pour les lier ? Je n'en sais trop rien.

Reportant son regard sur Loïc, elle le découvre le corps de guingois sur la banquette en face, le bleu des yeux remué par l'effort de concentration, et lui adresse en bravade :

– Ça va, ton fax ? Ta conteuse en a eu pour son déplacement ?

– Beaucoup plus. Les flics et les truands peuvent courir les mers. Tu égarerais même un mythomane. Qu'est-ce que ça va être quand tu auras retrouvé toute ta tête !

Elle lui sait gré de la plaisanterie qui lui donne le courage de se lever.

– J'ai entendu l'histoire de la disparition de cet homme en Algérie. On n'a pas émis la thèse de l'enlèvement. Qui est-il pour toi ?

Son corps est lourd. Sa tête bourdonne. Elle chancelle un peu avant de retrouver l'équilibre :

– Je ne sais pas exactement. Quelqu'un pour qui j'ai une grande affection. C'est ma seule certitude. Barka[1] pour aujourd'hui. Je rentre. J'ai besoin de m'allonger et de digérer tout ça.

L'expression bizarre qu'elle surprend dans le regard de Loïc la paralyse. Il la fixe, hoche la tête :

– Tu es forte, très forte.

L'allégation tombe dans sa tête embrouillée comme un verdict. Il lui faut un long moment pour se ressaisir :

– Je crois que j'ai déjà entendu ça. Où ? Dans la bouche de qui ?... Une phrase foireuse.

– Pour l'instant, c'est toi qui me démontes avec cette histoire incroyable. Avoue quand même que c'est...

À son sourire innocent, elle baisse de nouveau la garde :

– Ça me paraît pourtant simple, presque sain. Je me suis effacé la tête. Je fais la méduse pour ne pas me laisser gagner par la panique ou le désespoir...

– Hum... J'espère que tu ne vas pas te complaire trop longtemps dans ta peau de méduse. C'est un peu mortifère.

– Mortifère ? Non ! Elle est déformable à l'infini et transparente, légère. Juste quelques gorgées de mer.

---

1. *Barka* : « suffit », « ça suffit ».

– Déformable à l'infini, tu l'as dit. Tu vas trouver que je la ramène avec ma frime savante. J'ai tout simplement un peu potassé la symbolique de la méduse, hier soir, après ton départ de *L'Inutile*. Dans la mythologie, Méduse et ses deux sœurs, Euryalé et Sthéno représentent justement les déformations monstrueuses de la psyché. Et tiens-toi bien, Méduse, elle, elle est le reflet d'une culpabilité, d'une faute, transformées en exaltation vaniteuse et narcissique. En fait, une exagération, une succession d'images falsifiées de soi qui empêchent l'objectivité, la réparation, donc la guérison... Je t'assomme, peut-être. N'empêche, cette histoire de Gorgones m'a intéressé.

Elle se redresse, dessaoulée :

– Je te répète que je me moque des mots et de leur étroitesse. C'est quoi ta symbolique ? Un délire ressassé par des tribus de perroquets depuis l'Antiquité. De pérorants qui essayent de tout uniformiser, même les imaginaires. Rien d'autre. Ma méduse, à moi, n'a rien de ta Gorgone qui s'est laissé bouffer la tête par des serpents et momifier dès les premiers parchemins puant le moisi.

Sa diatribe déclenche le fou rire de Loïc. Il se lève et vient se planter en face d'elle. Son hilarité la détend, finit par la gagner. Loïc se calme, parvient enfin à articuler :

– Trois Gorgones : l'Irlande, l'Algérie et la France. Il ne reste plus qu'à trouver la faute.

– Si tu laisses le psy raseur prendre le pas sur le détective, c'est encore une faillite assurée.

Il hoche encore la tête, amusé, tend un index et lui tapote le nez :

– Quoi que tu en penses, cette amnésie est peut-être un électrochoc salutaire. Tu vas te refaire avec lucidité et dessiner de superbes albums où l'Algérie, l'Irlande et la France auront des figures humaines. Pas des masques de monstres... Tu pourrais emmener une héroïne boire une Guinness à Galway et manger un couscous à Oran, en profiter pour lui fouiller le ventre à chaque occasion. Parfois lui filer un coup de trique à la tripe. C'est le meilleur moyen pour faire cracher l'inconscient. C'est pour ça que j'aime les romans. J'ai dit la tripe, pas le nombril.

« *Gueule d'anomalie ! Prends-moi dans tes bras au lieu de me tchatcher l'inconscient ou de me masser la nuque avec des doigts de kiné !* »

La proximité de son corps est un aimant trop fort. L'ironie défensive de son regard l'inhibe. Des images, des questions, des bribes de phrases écrasent ses pensées. Elle se détourne d'un bloc, s'empare du téléphone portable :

– Tu peux me le prêter ?

À son signe affirmatif, elle s'élance vers la porte :

– Je vais me dormir les yeux.

– Attends, je t'accompagne. Tu as trop bu, tu vas te casser la figure.

– C'est déjà fait, merci.

Elle tire sur l'amarre, saute sur le quai. Courbée contre le vent, elle avance en titubant :

« *Toi, tu es forte. Très forte. Nora, quel enfoiré t'a déjà dit ça ? Un ? Une ? Plusieurs, je crois. Toi, tu avais envie de fondre. Te dissoudre. Tellement, tellement tu te sentais faible. Justement. Nora, pourquoi ce mot, forte, te fend le cœur ? Un adjectif déguisé en objectif ? C'est ça. Une traîtrise feutrée pour dire : je te quitte ? Je pars loin de toi ? Forte, tu peux rester seule. Toute seule. Le monde s'en fout. Toi, tu te vides tellement tu es forte. Tellement les manques te crèvent. Tellement personne. Tellement perdue. Tellement ça dure. Tellement c'est dur. Mais Nora, ta mer, ton dessin, c'est la nique à la mort...* »

« *Ça suffit ! Qui t'a permis de me tutoyer ? D'imiter mon parler ? Pour qui tu te prends, toi aussi ? J'en ai assez ! Trop d'alcool dans le corps. Trop de vent aux oreilles. Saturée. Ravale tes pleurnicheries. Lâche-moi le souvenir. Nora, c'est moi. Moi, Carson. Fille du vent, de la mer et du dessin. Et saoule comme un pinson. Mais... je n'aime pas les pinsons. Ils jacassent trop. Et moi, j'ai une voie d'eau au cerveau.* »

VIII

Nora compose le numéro de Zana, jette un œil au cadran de la montre : quatre heures vingt.

– Alou ?

Une voix encore ensommeillée mais déjà impatiente qu'elle reconnaît. Des larmes lui montent aux yeux. Des frissons lui chevillent le corps. Elle s'écrie :

– Zana, c'est Nora. Je t'ai appelée toute la soirée. J'avais besoin de t'entendre.

– Ghoula, Mahboula[1] ! Tu es foule, toi. Le téléphone la nuit, c'est peur. Je pense toujours malheur en Algirie. Le salon de thé est fermé – elle prononce *firmé*. Je fais des travaux. Ce soir, j'ai mangé chez la voisine. Après on a discuté. Tu as vu l'heure ? Même Allah, Il dort.

Elle souffle dans le combiné, tapote quelque chose, un coussin sans doute, reprend d'un ton câlin :

– Bon, qu'est-ce que tu as d'urgent à me dire ? Tu me dis que tu vas bien ? Que tu viens me voir à Montpellier ? Et d'abord où tu es ?

– Sur un caillou de Sicile.

– Un caillot ?! Tu as cassé le bateau ? Tu vas me

---

1. *Mahboula* : « folle ».

118

casser le cœur, toi, avec toutes tes histoires ! À force, à force, un jour, la mer, elle va te manger, une boulette et barka. Et moi, je me laverai les yeux de toi avec les larmes et tant pis pour moi.

Les scènes d'amour de Zana, son langage, les paroles qu'elle a toujours su trouver pour consoler ses chagrins, calmer ses angoisses, leur complicité et leurs fous rires... Les souvenirs affluent. Nora pleure en silence, veillant à garder une voix claire pour ne pas trop inquiéter Zana.

– C'est un peu ce qui s'est passé, la mer m'a mangée.

– Coumment ?!

– Je plaisante, Zana.

– Alors, c'est que tu as fait la quittance avec lui ?

– Qui ça, lui ?

– Qui ça, qui ça... Celoui-là qui t'a volé la tête – elle dit la *tîte* – depuis si longtemps et qui te laisse toujours seule dans le dessin et la mer pour partir à Tataouin[1].

– Qui m'a volé la tête ?!

– Tu sais bien. Je parle de Jamil. Comme s'il était le seul homme de la terre. Tu vas pas encore aller fouiller tout le fourbi du monde pour le retrouver, hein ?

« *Jamil, Jamil... Jamil !* »

– Alou ! Ghoula ?

– Oui, Zana... Non, non, je n'irai pas fouiller le fourbi du monde...

– Et l'aute, il est pas avec toi ?

– Quel autre ?

---

1. Aller à Tataouin : aller au bout du monde, à perpète.

– Celoui-là qui sait tout sur tout le monde depuis que le bon Dieu il l'a crié.

– Il a un nom, même s'il est très savant.

– Jean Rolla? C'est comme ça?

Nora se met à trembler plus fort. *« Jean Rolland ! C'était bien ça ! »*

– Alou?

– Oui, Zana, je suis là. Non, Jean Rolland n'est pas avec moi.

– Mais je croyais, j'espérais qu'il soit avec toi. Pourquoi tu pleures? Qu'est-ce qu'il a fait Jamil?

– Rien... Zana, j'avais juste un gros cafard, une insomnie et une terrible envie d'entendre ta voix. Te dire que je t'aime.

– Elhamdoulillah[1]! Mon cœur, le reste, ça va passer. Ici, y a un vent à tomber le ciel.

– Ici aussi.

– Alors, tu sais, tu sors la tîte, tu craches dedans et c'est fini, tu dors. Tu m'appelles demain? Boussa[2], boussa!

– Je vais faire ça, cracher dans le vent. Je t'appelle demain. Boussa.

Nora raccroche, sanglote et rit, pivote sur elle-même. Aussitôt, tout autour d'elle entre dans une rotation de toupie. Elle chancelle, se cogne aux cloisons, s'étale par terre, demeure longtemps le nez collé au plancher

---

1. *Elhamdoulillah* : « Allah soit loué ».
2. *Boussa* : « bise », « bisou ».

avant de ramasser ses membres, se lève lentement, se hisse sur les marches avec peine. L'aube n'est pas loin. La mer est toute d'écume et de fracas. Nora crache dans le vent, redescend de son perchoir, se déshabille, se roule en boule dans la couchette :

« *Jamil ? Un qui m'a volé la "tîte" ? Depuis quand je suis sans tête ? Et Jean Rolland. Qu'est-il parti faire en Algérie ?* »

Les images de l'enfance la poursuivent, remplissent sa tête et la cabine avant le sommeil. Elle revoit les HLM de Colombes, leur appartement, leur arrivée ce jour, son père et elle, la recherche de sa mère de pièce en pièce. Quelques minutes plus tard, l'entrée de Zana, la voisine, femme de harki arrachée à sa terre quelques mois seulement avant le départ de sa mère, sa mine et son charabia quand elle s'est adressée à son père :

« Elle a dit que tu pouvais pas aller avec elle en Algirie, pas possible, sinon, on va la tuer. Elle a dit que si elle prenne la pitite, c'est toi qui meurs. Elle a dit que la gosse est trop comme toi, bien avec toi. Elle a dit que l'Algirie pas pour elle aussi. »

La mine réconfortante, Zana s'était tournée vers Nora pour ajouter :

« Elle a dit que toi, tu es forte, très forte, que même dans son ventre tu t'accrochais très fort. Elle a dit, toi, fille de ton père, lui le bateau, toi le dessin. Tu dois quand même bien travailler l'école. Pas le dessin. »

Dehors, de gros flocons de neige tombaient sur une banlieue délavée. Blancs, le ciel, les immeubles, le goudron de la cour et tous les câbles pareils à des bourres de coton sur lesquels frissonnaient quelques oiseaux apeurés. La même sensation de chute interminable l'emporte dans le vide. Sans peur. Sans paroles. Sans pleurs. Seulement ce vide. Vide et silence blancs. Une chute dans la chute. Silence si inhabituel dans la maison. Soudain plus les disputes, les cris des deux parents dressés comme des coqs de combat en folie. Plus l'exclusion de leur cercle de violence, la terreur et l'impuissance. Les yeux agrandis, elle a fermé sa bouche sur son pouce. Blanc sale sur la banlieue. Gris dans les yeux.

Mais à présent son père est entièrement à elle, plein d'attentions. Le pouce toujours dans son palais, elle caressait, de l'autre main, son visage et sa crinière, le consolait. Les jours suivants avaient été écrasés par la culpabilité que lui donnait le sentiment de soulagement, par la honte du manque de souffrance, pire, d'anesthésie. Froid sur la ville et dans les os. Par la suite, l'importance dont elle s'est trouvée, peu à peu, investie, la douceur de la connivence avec son père, l'avaient aidée à occulter toutes les indignités. Elle se prenait même à savourer sa revanche sur la traîtresse. Autre vengeance, l'amour de Zana dont la prodigieuse capacité à faire front, avec une bouffonnerie inégalable, aux mesquineries des administrations françaises, aux difficultés et aux douleurs d'une transplantation qu'elle n'avait pas voulue, émerveillait Nora. Avec le cynisme salutaire dont sont capables les enfants meurtris, elle avait entrepris de se convaincre que la mère perdue ne valait pas le millième de celle qu'elle s'était choisie, qu'elle avait gagné au change. Un printemps glauque pissait sur Paris.

Plus tard, elle avait enterré, plus profondément encore, toutes ces ambiguïtés. Seule fêlure à transparaître, parfois, celle qui cisaillait de façon impromptue son rire. Elle riait alors de plus belle, arguant que la dissonance provenait de son pouce érigé en flûte dans la bouche.

Sa passion pour le dessin, celle de son père pour la construction du bateau, avaient été deux des principales causes des crises de nerfs de sa mère. Dorénavant, Nora pouvait dessiner autant qu'elle voulait, partir au hangar avec son père toutes les fins de semaine, tout son temps libre. Du matin jusqu'à la nuit avancée, elle le regardait s'affairer à la construction du voilier. Arrachant son pouce à la ventouse des lèvres, elle s'est mise à le croquer sciant du bois, préparant, sculptant la résine, mélangeant aux douleurs du présent celles du Connemara. L'envie de saisir ses humeurs fantasques, ses bonds vertigineux dans le temps et dans l'espace, de l'hilarité à la détresse, l'a conduite naturellement à la caricature. Ne pas le perdre lui aussi. Vite le rattraper dans ses escapades de géant tonitruant et brisé, revenir dans le souffle, les vibrations de sa voix. Elle en avait rempli d'abord des feuilles puis des cahiers entiers. Si le désarroi était le nerf du dessin, ce dernier la maintenait, paradoxalement, hors des tragédies. L'attention exigée par les pirouettes des crayons lui gardait un regard extérieur. L'immédiateté du dessin la retenait en suspens au-dessus de la réalité, entre le rire et la

violence du voir. Elle arrêtait les trépidations de l'œil
dévoré par la charge des images. Nora forçait le trait,
tordait les rictus en singeries. Au bout de ses crayons,
elle a appris à vivre ces vertiges avec la liberté et les
farces d'une petite magicienne. En quelques flexions de
poignet, elle parvenait à rendre l'air abruti de son père
à force de casser les cailloux, d'empiler les tourbes dans
ses montagnes pelées, ses gesticulations brouillées par
les brumes et le crachin, sa mine démoniaque quand
il injuriait les pics enneigés, la furie de l'océan, les obs-
tacles des falaises... toutes les souverainetés écrasantes
de sa misère. Les couleurs vives donnaient une intensité ricanante à ses rêves et cauchemars, ses rancœurs
et ses colères contre la beauté trompeuse d'une terre
qui affame ses enfants, aux lumières de sa fuite sur un
rafiot...

Le pitre tragique qu'était Zana représentait une
source d'inspiration aussi fabuleuse. Zana et son impossible deuil de « l'Algirie », Zana et ses griefs contre
« Lafronce », ses empoignades avec la tracasserie de la
bureaucratie et le mépris, ses façons de bricoler l'arabe
et le français pour s'inventer un langage approprié à sa
situation, aussi de traviole et pittoresque qu'elle...

Son père s'esclaffait à la vue de ses tronches, de ses
attitudes sur les carnets de sa fille. Les yeux et le sourire hésitant entre admiration et blâme, Zana grondait :
« Ghoula ! » Le pouce et le crayon, en un seul bouchon,
refoulant la langue, le regard plein de défi espiègle,
Nora zozotait : « Hagie-magie ! »

Tout cela, sans les remontrances et les interdits de la

mère. Nora avait noirci, rempli les blancs de sa vie sur des pages et des toiles. Myope de naissance, elle avait d'abord arrêté ses yeux sur ces deux êtres chers, aux limites des pages de ses carnets à dessins, à celles des livres, plages au vivre balayé par d'autres destins. Mais la nuit, lorsque ses crayons l'abandonnaient, Nora faisait toujours le même cauchemar. Elle traversait la mer en barque ou marchant sur les vagues. Le même hurlement la réveillait toujours : la mer n'avait pas d'autre côté. Elle était coupée, tranchée net sur le vide de l'univers dans lequel Nora tombait. Un jour, assistant pour la millième fois aux gémissements de Zana sur l'arrachement à sa terre, Nora l'avait dessinée foulant les flots, leurs houles, leurs tempêtes et leurs calmes, pestant contre toutes les douleurs, épuisant leurs emprises. Mais au lieu de tomber dans l'absence du bord, Zana s'envolait dans les airs, les constellait de youyous de délivrance. De page en page, les youyous devenaient de plus en plus insolents, triomphants, s'appropriaient les cieux, jetaient leurs nuées par-dessus les abîmes et les déchirures. Leurs virtuosités avaient fini par combler les rêves des crayons jusqu'au bord du sommeil. Le cauchemar avait cessé.

Maintenant la mer est son errance somnambulique. Maintenant des horizons ronds la calfeutrent et font ronronner toutes les gammes de son ciel.

Nora ouvre les yeux tard dans la matinée. Encore en boule dans sa couchette, elle écoute les rumeurs environnantes. Le vent ne rugit plus. Il a retrouvé des divagations de vieille commère qui laissent les rochers sourds. La mer ne se fracasse plus. Son ressac a repris ses jeux de tourbillons autour du volcan. La baie grouille des besognes du jour. Les grelots des haubans voltigent en nuées, houspillés par les récriminations des cormorans.

Nora se pelotonne davantage dans sa couche, chasse les bruits extérieurs, s'écoute de l'intérieur. Dans le silence confus de ses profondeurs vibre encore la voix de Zana comme le feu vert d'un port à travers la brume. Dans sa tête, les flashes de la veille s'entrechoquent avec les souvenirs de l'enfance. Mais une gueule de bois différée la fauche comme un raz de marée. Elle ferme les yeux, avale le pouce droit, enfouit la main gauche entre les cuisses, contre la chaleur de son sexe et constate, avec un étonnement hébété, que c'est là que le sang bat le plus fort. Au bout des doigts, au bout des lèvres, gonfle un désir et l'aspire. Contre le sexe, au fond de la mer, tout chavire. Nora rouvre les yeux et la bouche, lape l'air comme une naufragée buvant la tasse, lutte contre la nausée et la spirale des abysses, s'applique à garder les paupières écarquillées pour ne pas se laisser noyer, pour tout remettre en place : le rectangle de ciel au hublot, les cloisons de la cabine droites, le plafond à l'horizontale, la mer hors du bateau et les battements du sang au cœur, pas au sexe.

Cet effort lui impulse une salve de soubresauts mécaniques, casse sa position fœtale, la rejette de travers sur la couche, raide comme du bois. Les yeux au plafond,

Nora demeure longtemps ainsi, incapable de réfléchir, de bouger. Puis, elle tourne lentement la tête.

« La fatigue, le vent, la retombée dans l'enfance, l'alcool et la présence d'un homme... Cocktail assassin. Pauvre Nora. Je t'ai noircie pour pouvoir te reconnaître. »

Ankylosée, les bras tendus, elle finit par s'extirper de la couchette, ose quelques pas, regarde vers l'extérieur, découvre, posés sur les marches du bateau, un bouquet de pervenches, des croissants, des pains au chocolat. Vite, remplir, lester l'estomac, sinon, elle va tourner de l'œil. Croquant dans un pain au chocolat, elle se hâte de préparer du café, déjeune à l'intérieur du bateau, dévore le tout avant d'aller se mettre sous la douche.

Une serviette autour du corps, les jambes moins flageolantes, les yeux et les pensées plus clairs, elle allume la radio et regagne la cabine de bain. Elle est en train de finir de s'habiller quand lui parvient ce flash d'information :

« Jean Rolland, le Français disparu en Algérie il y a quarante-huit heures n'est toujours pas réapparu. Amateur de peinture, l'homme possède une galerie dans le Marais. Mais il semble que celle-ci ne soit qu'une façade à de louches activités. Un faisceau d'arguments plaide en faveur de relations avec les réseaux intégristes. Jusqu'à présent, aucun enlèvement n'a été signalé ou revendiqué. La vedette à bord de laquelle il était arrivé en Tunisie, en compagnie de quatre Algériens, est introuvable. À Alger comme à Paris, la police reste muette sur ce sujet. »

Nora s'agrippe au lavabo, fixe le miroir sans se

voir. C'était bien ça. Elle ne s'était pas trompée. Que s'est-il passé ? Qu'est-ce qu'il est allé faire en Algérie ? Il ? Elle murmure : « Jean Rolland », se creuse la tête sans retrouver son visage. Horrifiée, elle se regarde dans le miroir. Le reflet de son propre visage lui rappelle, soudain, la photo trouvée dans son sac. Cette photo où elle est au côté d'un homme. Elle la sort, « *Jamil !* », scrute les traits, bondit vers le carré en pensant au téléphone, aperçoit Loïc assis dans le cockpit :

– Bien dormi ? Je n'ai pas trouvé la presse française. Mais j'ai téléphoné à un ami... Il doit me rappeler quand il aura parcouru les journaux.

– Je viens d'écouter les infos, à l'instant. Jean Rolland. Un marchand de tableaux, ça colle, non ?

– Je n'en sais rien. C'est peut-être encore un hasard.

– Arrête les hasards ! J'ai eu Zana au téléphone. Il s'appelle bien Jean Rolland.

– Est-ce que ça te rappelle quelque chose d'autre ?

Elle énumère les indices, passe sous silence sa terreur encore confuse. Puis, avoue avec découragement :

– Le toubib m'avait dit que ça se passerait comme ça. Gâteuse avant l'âge... Mais je crois que les flics ne vont pas tarder à remonter jusqu'à moi. Ceux qui ont fouillé le bateau, hier, ont vu mes dessins. Je dois remonter dare-dare, me rapprocher de Zana.

– Le vent a faibli. Mais la mer est encore mauvaise. Tu vas taper comme une malade dans la houle.

– Tapée pour tapée, au moins je serai en harmonie avec quelque chose. De toute façon, je ne peux pas rester par ici à attendre qu'on vienne me cueillir. Je ne peux pas me défendre. Est-ce que tu as écouté la météo marine ce matin ?

– Oui. Un répit de vingt-quatre heures. Après, le vent va souffler très fort au moins trois jours.

– Raison de plus. J'en profite pour déguerpir.

Le cou dans les épaules, cloué à l'arrière du cockpit, Loïc détourne la tête vers l'entrée du port. Debout à l'intérieur devant les escaliers, Nora se rend compte de son embarras :

– Je serai plus tranquille là-haut.

Il reporte les yeux sur elle, adopte une mine rétractée pour rétorquer :

– Sûrement... J'attendrai que tu sois partie pour aller faire ma déposition. Les flics ont pris mon numéro de téléphone et toutes mes coordonnées hier. Je dois me rendre à Palerme demain. Mon fils vient me rejoindre avec deux de ses copains. Ne pars pas tout de suite. La houle sera certainement moins forte en fin de journée. As-tu besoin de courses ?

Le visage de Loïc s'est peu à peu fermé. Sa voix devenue soudain monocorde, ennuyée a pris un ton presque hostile aux derniers mots. Les yeux agrandis par des questions muettes, Nora se contente de murmurer :

– Je n'ai pas touché à celles que j'avais faites à Syracuse. Tu m'as nourrie hier et avant-hier. Le pain que j'avais pris doit être un peu caoutchouteux, mais c'est le dernier de mes soucis.

– Bon. Je vais prendre un bol d'air.

D'un bond, il saute sur le quai et disparaît.

« Qu'est-ce qu'il a ? »

129

Nora réalise qu'elle ne sait toujours rien de cet enfant sauvage muré dans un corps d'homme. Un corps travaillé aux refus et à l'entêtement du garnement retranché en lui. Sa remarque de la veille sur les histoires de mère lui revient à l'esprit. *« Une mère. D'autres femmes aussi. Certainement... Et la mémoire des anomalies. »*

Les bras ballants, la tête vide, Nora met du temps à se ressaisir. Une pensée intolérable l'assiège aussitôt. Un autre homme, Jean Rolland, était avec elle sur le bateau. Que représentait-il pour elle ? Quelle est sa propre implication dans cette histoire ? Est-elle, au moins en partie, responsable de sa disparition ? Qu'est-ce qu'elle pourrait faire dans l'immédiat ? Ses yeux cherchent le téléphone. Loïc a dû le reprendre. Il y a une cabine sur le quai :
« Je refilerais mon angoisse à Zana pour rien. Elle ne doit pas en savoir plus que moi sur ce sujet. Je l'appellerai plus tard. »
Ne supportant plus toutes ces angoisses, Nora quitte le bateau, gagne la terre, trouve le chemin qui contourne l'île sans traverser le village. Les poings serrés, les narines dilatées, elle marche à grands pas en regardant la mer. La houle est forte, mais la mer ne moutonne plus. La roche volcanique oxyde l'écume, les algues et les coquillages. Même les vagues ont une lenteur noire comme si le volcan éteint continuait à y cracher la densité de l'obscurité des profondeurs. Un bateau de pêche approchant le port a l'air d'un yo-yo dans les

oscillations des vagues. Le bruit de son moteur a des
ratés qui s'étouffent dans les creux.

Sur le côté abrité de l'île, la mer ondule à peine par
endroits. Il n'y a pas de crique. Le piton du volcan tombe
à pic presque partout. Nora parvient tout de même
à trouver une petite anse en retrait, se déshabille en
vitesse, plonge nue dans l'eau profonde et nage comme
une forcenée.

Échouée, à bout de souffle, sur une pierre polie en
plate-forme par le ressac, elle observe la trajectoire sud-
ouest d'un avion :

« *Algérie ? Maroc ? Plus loin ?* »

Le luth solitaire revient la tourmenter. Elle est trop
exténuée pour pouvoir déchiffrer sa mélodie. Elle voudrait s'abandonner longtemps à sa mélancolie. Mais sa
peau sèche si vite et le sel griffe. La pierre se transforme en braise.

De retour au port, elle voit Loïc sur *L'Inutile* le
nez dans un livre, s'engouffre dans *L'Aimée*. Lorsqu'elle
ressort de la cabine de bain, elle le trouve assis dans
son cockpit à elle. Il se lève, pénètre dans le bateau :
– Je t'ai apporté du pain, du vin et puis ça.

Il lui tend un petit paquet cadeau, bronze ficelé d'or :
– Qu'est-ce que c'est ?
– Ouvre, tu verras.

Elle défait l'emballage, découvre un téléphone portable,
se force pour ne pas laisser transparaître sa contrariété.
Debout, appuyé à la table à carte, Loïc paraît tout à
fait détendu à présent :

– Tu risques d'en avoir besoin. Jusqu'à une cinquantaine de milles d'une côte, tu peux joindre qui tu veux. En pleine mer, tu seras seule. Il te restera la VHF comme tous les marins... Tiens.

Il lui donne le sac contenant le vin et le pain. Nora recule, pose le tout sur la table du carré. Loïc met les mains dans les poches, pointe le menton, ajoute :

– Je t'ai noté mon numéro aussi... On va manger ?

– Je n'ai pas faim. Je me suis goinfrée avec les croissants et pains au chocolat que tu m'avais apportés.

– Tu essaieras quand même. Il te faut prendre des forces pour les traversées.

– Alors c'est moi qui invite cette fois.

Attablée devant une platée de poissons et de légumes grillés, Nora retrouve intact son appétit. Mais la mine tantôt arrogante, tantôt condescendante de Loïc l'agace au point de lui couper la faim. Elle pose les coudes sur la table :

– Est-ce que tu serais capable de me dire au moins quel est ton métier ? J'aimerais bien savoir au moins ça !

– Je suis... J'étais architecte naval. J'ai tout quitté depuis deux mois pour prendre la mer. Pendant deux ans et peut-être pour toujours j'ai envie de ne faire que ça. La tentation d'écrire m'a frôlé. Mais il y a déjà tellement d'écrivaillons. Je préfère prendre l'encre des mers et des océans avec l'espoir d'aventures plus vastes. C'est tout. J'ai horreur de parler de moi. Mais j'ai décidé que dorénavant j'allais tout faire pour me préserver du sordide. Finalement, je crois que je n'ai pas beaucoup de goût pour ça. La mer est peut-être en train de me décrasser les infections. C'est pourquoi je me rends à elle complètement. À elle seulement.

– Il faut être rentier pour envisager la mer de cette façon.

– Non, pas forcément. J'ai quelques épargnes. J'ai surtout loué ma maison. Cela me donne un revenu fixe qui surpasse de beaucoup mes besoins en mer.

– C'est vrai qu'on vit avec si peu sur un bateau.

– Je pourrais toujours vendre mes compétences dans les ports du monde et aux marins de rencontre en cas de nécessité.

– Ton fils va rester avec toi ?

– Tu parles. Qu'est-ce que tu veux qu'un adolescent foute avec un vieux schnock solitaire ? Je vais les avoir deux ou trois jours, lui et ses copains. Ensuite, ils iront retrouver d'autres amis en Toscane. Plus tard, il me rejoindra ici et là, selon ses possibilités.

– Tu comptes rester quelque temps encore en Méditerranée ?

– Je vais m'acheminer tranquillement vers Gibraltar. J'irai attendre les alizés aux Canaries ou aux Açores.

Il détourne la tête, reprend son air barricadé. Elle soupçonne qu'elle ne pourra rien lui soutirer de plus. Pourtant des questions se bousculent en elle. Elle hausse les épaules comme à l'accoutumée. Puis le nez dans son assiette, elle balbutie :

– On essaie toujours de se donner l'illusion qu'on peut apprendre à connaître les autres... Alors que même après quarante-quatre ans de vie intime, on peut se perdre soi-même. Tout seul. Plouf, plus rien. Juste une peau et ses démangeaisons. On n'est même plus fichu de...

Loïc retrouve toute sa morgue et ironise :

– Si, si, tu es fichue, rassure-toi. Tout va te débouler sur le nez. C'est bien pour ça que je te laisse partir.

Elle l'observe un moment en réfléchissant :

– En fait, ce n'est pas une si mauvaise idée, ce portable. Plus j'y pense et... Oui, il va m'être d'un très grand secours.

Loïc adopte une moue exagérément fanfaronne. Nora en rit et continue :

– Il va me permettre d'éviter tous les ports. J'y serai trop facilement repérable. Il y a du vent et tu dis qu'il va continuer. Avec un peu de chance, j'aurai assez de fuel. Je dois avoir suffisamment de vivres sur le bateau. J'essaierai de pêcher de temps en temps... Avec ce portable je pourrai joindre Zana plus facilement. Ce n'est qu'en discutant avec elle que je pourrais remplir toutes les cases qui me manquent... À propos de cases... Il paraît qu'un homme m'a volé la tête depuis longtemps, que je suis incapable d'en aimer un autre. Comment veux-tu que je puisse avoir une mémoire sans tête ? J'étais prédisposée à ce qui m'arrive. Ça aussi, le toubib l'avait dit.

Il est plus de seize heures lorsque Nora et Loïc sortent de table. En descendant du village vers le port, ils marchent en silence, à distance l'un de l'autre, en regardant la mer. Arrivée devant son bateau, Nora se tourne vers Loïc :

– Tu vas aller faire ta déclaration ?

– Oui. J'ai déjà un peu tardé. Ça peut paraître suspect.

– Serre-moi.

Il l'étreint. Elle enfouit son visage au creux de son épaule, sent la tension de son sexe grandir peu à peu à travers le tissu. Il se raidit, se dégage d'elle, la tient à bout de bras et dit :

– Pars maintenant. Il est temps que tu partes.

Elle saute sur *L'Aimée*, met le moteur en route. Loïc détache les amarres. Nora donne un coup de talon au quai et appareille pour le large. Il la regarde s'éloigner.

La houle est beaucoup moins haute, plus longue. Nord-ouest la veille, le vent a légèrement tourné au nord-est. Au près bon plein, les voiles bien appuyées, le bateau tangue, tape par moments, sans trop freiner. Le pilote automatique installé, son cap déterminé, toutes choses arrimées à l'intérieur du voilier, Nora s'assied sur le rouf, se retourne vers Ustica, distingue la silhouette de Loïc perchée sur une falaise, à l'entrée du port.

Elle reporte ses yeux vers le large. Des larmes mouillent ses pupilles, brouillent la mer. C'est comme si les vagues entraient en elle par les yeux. Goutte à goutte, la mer finit par la remplir et l'apaiser. La mer écarte les terres, englobe le ciel, continue l'errance avec l'indolence de l'insomnie.

IX

Le réglage des voiles encore une fois réajusté au cap
et à l'état de la pleine mer, Nora saisit le portable et
compose le numéro de Zana :
- Nora ! Pourquoi tu appelles pas plus tôt ? J'étais
morte de souci. Je savais que ton téléphone à quatre
heures du matin c'était pas normal – elle prononce *citi
bas nourmal*. J'ai vu Jean Rolla à la tilivision. Qu'est-ce
qu'il est allé fabriquer en Algirie ? C'est quoi cette histoire ? Ghoula, toute la journée, tu m'as fait le sang
charbon, goudron noir.
- Tu as vu Jean Rolland !
- Juste sa photo et les soupçons !
- Zana, écoute-moi, Je ne sais absolument rien. Je
l'ai appris par la radio.
La voix blanche, Zana parvient à articuler :
- D'abord, où tu es ? Avec qui ?
- Je suis en bateau, seule en mer.
- Le bateau, le bateau, tu as que ce mot à la bouche.
Tu es sûre que tu risques rien, dis ?
- Que veux-tu qu'il m'arrive en pleine mer ? Je ne
vois personne, d'un horizon à l'autre. C'est encore
là le meilleur abri pour moi. Je compte bien y rester

le temps de savoir ce qui s'est passé pour Jean Rolland.
Zana dit dans un soupir :
– Celoui-là aussi, il a l'Algirie dans la peau.
– Zana... peux-tu me rappeler quand tu as vu Jean
Rolland ?
– Au printemps ! En avril, vous êtes venus ensemble.
Tu lui as prêté le bateau. Il est parti avec longtemps.
Après, tu m'as dit qu'il l'a laissé dans la Grèce. C'est
pas là que tu es allée le chercher, ton bateau ?
– Si, si... Qu'est-ce qu'ils ont dit à la télé ?
– Qu'il a disparu. C'est tout.

Un long silence s'installe aux deux bouts de la ligne.
Nora déglutit avec difficulté avant de le rompre :
– Zana, je voudrais que tu me parles de ma mère.
– Qu'est-ce qui s'est passé ? Nora, dis-moi la viriti.
– Il ne s'est absolument rien passé. Je veux seulement
que tu me parles d'elle.
– Mais, tu as jamais dit même son nom, jamais
demandé ! Tu l'as enterrée au fond de toi. C'est tout.
Faut dire la viriti aussi, ton père et moi, on t'a aidée
pour ça. Pour te protéger, pas te donner la souffrance.
On pouvait rien faire d'aute.
– Maintenant, j'ai envie de tout savoir, tout.
Zana se tait encore un moment, se racle la gorge.
Nora attend.
– Je sais même pas ce que tu sais, ce que tu sais pas.
– Commence par le début, s'il te plaît. Pourquoi elle
nous a quittés ? Pourquoi nous ne l'avons plus revue ?
– D'abord, la mer, c'est pas un endroit pour dire des

choses comme ça. En plus sur le téléphone, sans figure. Tu attends d'être ici, à côté de moi. Alors, on peut parler. On a attendu tellement de temps. On peut pit'ête attendre encore un peu.

– Zana, s'il te plaît, maintenant.

– Tu es muette – elle prononce *miette* – quarante ans, après, tu dis fissa, tout! Maintenant! Ça, c'est bien toi... La pauve Aïcha[1], maintenant qu'elle est morte... Tu as changé, depuis que tu as appris sa mort.

Aïcha, Aïcha, Aïcha... Ce prénom. Dans la bouche de son père... Un chant. Un vent. Souvent avec des déchirures dedans. Après, un cri. À l'infini. Son visage? Elle ne le voit pas. Elle voit juste les yeux. Oui. Les yeux. La foudre de leur colère au milieu de la joie. Les jubilations de leur rage...

« *Et moi, où je suis ?* »

À la voix de Zana, se mêlent celle de son père, le bruit des voiles, le mistral, la poussée de la mer. Recroquevillée dans le cockpit, les traits tendus, le portable vissé à l'oreille, Nora écoute. Le bateau monte et descend les vagues. Monte et descend, la lumière, cinglée de bleu. Monte et descend le sang de Nora. De l'air à l'eau. Théâtre de la mer, souffle d'un chœur antique. Et le portable collé à son oreille comme un coquillage.

Nora ne parvient pas à tout entendre. Tout comprendre. Des flots de mots lui passent par-dessus la tête. Ceux qui l'atteignent, éteignent le reste des phrases,

---

1. *Aïcha* : « vivante ».

– Qu'est-ce que tu dis? Melon?

L'exclamation offusquée de Zana ramène Nora au présent. Elle jette un regard hébété alentour. La mer plisse à perte de vue, éclate comme un rire de sang. L'explosion d'une vie perdue. Nora marche à grands pas sur le pont, s'accroche aux haubans, scrute la mer.

– Alou? Ghoula!

– Oui, Zana. Je suis vivante.

– Elhamdoulillah.

– Zana, les gens brisés par les guerres se comptent par millions. Mais ils n'abandonnent pas pour autant leurs enfants!

– Nora! Aïcha, ses parents l'ont firmée – pour dire « enfermée » – dans une maison. Avec des frères comme des chiens devant. Ensuite, ils l'ont donnée à un homme. Un homme juste avec une grosse couille à la place du cerveau. Tu comprends ça?! Et cet homme, la couille, il l'a firmée encore plus. Même que ton père, il est allé plusieurs fois en Algirie et qu'il a jamais pu la trouver. Jamais. Cet homme, la couille, il lui a juste fait des grossesses... Ton frère, enfin, le demi, qui est mort.

« *Elle est morte rapidement après ce fils. C'était quand déjà? Je m'étais dit, morte de chagrin. Pour lui. Moi, elle n'a pas eu une pensée pour moi. Durant des décennies. Je m'étais dit, tant mieux pour lui. Tant pis pour moi. Tout le monde ne peut pas avoir la même mère. Demi-portion ou pas.* »

– Ghoula, hbibti ntaï[1]?

---

1. *Hbibti ntaï* : « ma chérie à moi ».

parents à elle. Y zavaient même plus besoin de la firmer. Elle bougeait plus. Elle parlait plus. C'est pour ça que tu l'as plus revue. C'est pour ça que ton père et moi, on a rien dit. Elle est restée trente-cinq ans posée comme une pierre sans dire un mot. Un seul. Est-ce que tu sais ce que ça veut dire, trente-cinq ans de silence ?

Terrassée, Nora parvient à balbutier :

– Oui, Zana. Je le sais… C'est même la seule chose que nous ayons partagée elle et moi… Dis-moi, elle est morte quand ?

– Mais, ça tu le sais. Qu'est-ce qui t'arrive ? À peine un mois de mort.

« Un mois… Un mois seulement. »

– Autre chose Zana, est-ce qu'elle a essayé d'avorter quand elle était enceinte de moi ?

– C'était pas pour toi. Tu pouvais même être un garçon. Elle savait pas. Elle savait juste le tampon de la honte vis-à-vis de ses parents. Elle m'avait raconté qu'elle buvait plein de saloperies à vomir son mektoub en cachette de Samuel, mais que toi tu étais bien accrochée.

La mer déborde des yeux. Le jour est en train de tomber comme un rideau de théâtre. Le ciel semble hésiter entre des lumières d'oracle et d'oraison funèbre. Zana reprend dans un murmure plein de tristesse. Sa voix sourd seule maintenant, mouillée :

– Moi, j'ai jamais voulu quitter l'Algirie. On m'a kidnappée. Quand les harkis ont coummencé à partir, j'ai dit à mon mari : « Moi, je reste ici avec mes zenfants. J'ai pas d'autes pays, moi. » Y m'a dit : « D'accord, d'accord. Alors, viens à la caserne pour signer comme quoi

143

tu pars pas. » Il avait déjà tout machiné. Je suis partie
et j'ai signé comme un âne qui sait pas lire. Quand je
suis sortie du bourreau, y avait un camion avec d'autes
femmes dedans. On m'a poussée : « Allez, allez, montez,
montez, vite. » Vite, c'était direct le bateau. J'ai pleuré.
J'ai dit non, non ! on m'a encore poussée comme un
âne dans le troupeau. Quand j'ai quitté la maison,
le mari, lui, il a ramassé les zenfants et les bijoux.
C'est tout. Ils étaient tous là, dans le bateau. Alors j'ai
compris que c'était la fin. J'ai même pas embrassé ma
famille, rien ! Comme une voleuse. Je suis partie dans
ma robe. Heureusement, j'ai connu très vite Aïcha.
Elle, elle me comprenait. Très, très gentille. Elle pleu-
rait même avec moi, mesquina. Elle me donnait des
robes, des jupes, surtout du courage. Moi aussi, je la
comprenais. C'est trop dur ici, loin de la famille. On
était pas faites pour ça, nous autes. On n'a pas été
à l'école, ni rien. Dix ans sans voir le pays, la famille,
c'est pas humain. Et ce qu'ils lui ont fait, c'est pas
humain aussi... Ce pays, moi, il m'a donné un coup de
pied dans le cul. Dihors ! Aïcha, elle, il l'a arrachée à toi
et à Samuel. il l'a clouée dans la foulie, jusqu'à crever...
Ghoula ? Je t'embête, mon histoire à moi, je te l'ai dit
mille et une fois. Sauf...

N'obtenant pas de réponse, Zana adopte un ton
ferme et grave pour conclure :

– Ghoula, tu es coupable de rien. Aïcha aussi. Maintenant que tu as voulu tout sortir, il faut que je te dise
une chose. La seule chose importante. Je la dis à Samuel
aussi. Il entend même dans sa mort. Samuel, il sait.

Jamais, jamais, il a oublié Aïcha. Écoute-moi bien, ta mère, elle a pas parlé trente-cinq ans. Mais avant de mourir, elle a crié pendant des heures : « Nora ! Samuel ! Nora ! Samuel ! Nora ! » C'est sur ça que la mort lui a firmé les yeux.

Nora raccroche le téléphone, le cogne contre les lattes du cockpit comme si elle écrasait un cafard et s'allonge, terrassée.

Sous l'aile des voiles, Nora dort. Puis, elle se réveille, jette un œil autour du bateau. Aucun danger. Juste la mer blafarde comme une insomnie, sans visage, sans rivage. Silence sculpté par le vent. Crêtes de mémoire sur lames d'oubli. Même amputée, la lune masque encore les étoiles. Les plus lumineuses pointent à peine, gelées sur un ciel de papier. Nora se rallonge sur le dos, ferme les yeux, s'assoupit. Après chaque sursaut de vigilance, son corps replonge de tout son poids au plus profond du sommeil. Au lait de la lune, l'eau brasse et porte son berceau.

L'aube aux paupières, Nora rouvre les yeux, revient doucement à elle. Elle sent les lattes du cockpit contre ses côtes, la caresse de l'air dans ses narines, l'amplitude de sa respiration, l'abandon de ses membres, les mains surtout, leurs doigts écartés sur la poitrine, le téléphone entre la cuisse et le rebord du cockpit. Le bateau ne tangue plus. Les voiles sont gonflées sans grande tension. Le vent et la mer se sont calmés. La crampe du ventre, elle pense « *le crabe* », a lâché prise.

Sans bouger, Nora repense aux paroles de Zana, à la façon dont le sommeil avait fondu sur elle comme pour la soustraire à leur charge.

« *Me souviens pas avoir souhaité une bonne nuit à Zana. Bien peur que non. Pauvre Zana. Lui ai raccroché le caquet sans un mot. Éteint le téléphone. Me suis allongée sur le dos. Me suis endormie. Tout de suite. Moi qui ne dors jamais sur le dos. Moi insomniaque. Jamais aussi bien dormi. Malgré les réveils toutes les heures. Un œil et hop. Sur le dos, oui. Sautée comme une crêpe par les bonds du bateau. Forte. Très forte. La mer aussi, cette nuit. Zana doit s'inquiéter. Faut pas lui dire pour ma mémoire. Va croire que je suis folle comme ma mère. Va se frapper le sang. L'est déjà, à vie. L'exil imposé. Pas la peine d'en rajouter... La folie de ma mère, le reste... Je ne savais pas. Pas vraiment. Un doute ? Peut-être. Pas demander. Pas penser. Tordre les menaces en grimaces sur le blanc du papier. Le rire et la farce pour verrouiller encore. Zana "miette" sur ce sujet. Papa sujet mi-est. Papa navigateur de hangar. Aux vents des souvenirs. Aux envies de revanches. Papa et moi, nos vies de fiction en friction avec la réalité... Nora ! Tes yeux bigleux, tes idées bègues me font suer l'oubli. Arrête de ruminer. Retomber en enfance ne te redonnera pas une mère. Bouge-toi, débrouille-toi. Retrouve son visage. Un visa pour grandir, seule au bord de rien. Ça, c'est dans tes cordes. Refais le même chemin illico. Avec toute ta tête. Sans rien gommer cette fois. Veux pas que tu me rates encore. Pas de temps à perdre. Jean Rolland ? Jamil ? Tout. Rien renier. Forte. Très forte. Et*

d'abord, tais-toi. Tu dérapes sur des mots de retrou-
vailles que tu ne vivras jamais. Ton rap me casse les
oreilles. J'ai faim. »

Elle mange avec appétit, sirote son café en admirant
le crépuscule, essaie de réfléchir tranquillement. Un
bruit particulier la fait se détourner. À deux cents mètres
du bateau, une baleine sort la tête, souffle, replonge.
L'arrondi du corps émerge, glisse de la surface vers
le fond de la mer, s'achève par la levée d'une queue
immense. Un instant en suspens entre ciel et mer, la
queue s'abat soudain et frappe l'eau comme une main
qui applaudit avant de disparaître. La vague soulevée
court dans le scintillement rose et doré de la lumière.
Nora guette la remontée du mammifère. Son geyser
inonde de nouveau le ciel, retombe en une gerbe de
paillettes. Sur le vernis de l'aurore, la grande roue du
corps encore... Après quelques respirations, la baleine
s'enfonce définitivement en laissant Nora en proie à
une curieuse nostalgie. Un sentiment archaïque qu'elle
renonce à démêler. Elle repense aux baleines croquées
autour de son père, sort toutes les planches, s'arrête sur
celle des barques aux cadavres :
« *Je vois papa dans le hangar. Je vois ses cheveux en*
bataille. Je vois ses mains dans la résine. Comme tou-
jours. Il raconte comme toujours. J'entends une histoire
de fuite collective de la misère. Même plus de patates
en Irlande. Mildiou, typhus et choléra. C'était quand ? La
patate, c'est moi. Je mélange les récits et les temps. J'en-
tends papa me dire la date. Je ne m'en souviens pas exac-

tement. *Au siècle dernier en tout cas*[1]*... Plein de barques en pleine mer. Plein de morts décharnés dedans. Des barques cercueils. Jamais ne verront une rive sans faim. Plein de gens de la famille de mon père dans cette galère. Il parle, parle. Je dessine les fuyards morts. Je ne suis pas plus grande qu'un tas de patates.* »

Nora dépose l'esquisse, saisit celle où son père est seul en mer, entouré de baleines, la fixe en souriant :

« *Maintenant, je sais. Ça c'est pendant ta fuite à toi. Sur une barcasse qui prenait l'eau. Pas superstitieux, papa. Tu n'as pas voulu prendre la même direction que les barques cercueils. Pas l'Amérique, non. Tant qu'à fuir, autant choisir une terre hors de l'anglais. L'anglais, il avait trop pris un timbre de rocailles dans ta voix. Tu n'en pouvais plus des cailloux, dans tes yeux, dans tes oreilles et même dans tes mots... Tu es parti tout seul. Cap sur la France. Seul sur des cailloux ou des planches... Qu'est-ce que ça change ? La mer toujours autour à mugir. Sans tribu, tu l'étais déjà chez toi. Chez toi ? Des falaises battues par les vents où tu étouffais. La dalle et l'ennui en plus. Tes rêves en poupe. Ta détestation des Anglais en soute. Tu avais de quoi tenir. Tenir des jours et des jours. Droit vers la terre d'une langue que tu ne parlais pas. Combien de fois m'as-tu raconté ce voyage ? Tu me décrivais la baleine que tu voyais tout le temps. Surtout à l'aube et au crépuscule. Tu soutenais mordicus que c'était toujours la même. Pardi ! Tu la reconnaissais à son œil. Tu ne pouvais pas te tromper en*

---

1. La grande famine : 1845-1849.

croisant ce regard-là. Elle te suivait pour te soutenir. Elle te serait venue en aide en cas de besoin. Une baleine à bosse, qui plus est. Comment la confondre avec d'autres ? En t'écoutant, je dessinais une énorme chose pareille à un rocher du Connemara qui aurait plongé dans l'océan pour te suivre. Au milieu de ses monstruosités luisait un œil d'ange... Moi, j'ai pris des bleus. Dans la gueule et dans les souvenirs. Je peux confondre les baleines sans me perdre. Je n'ai pas ton regard perçant. Mais mon bateau ne prend pas l'eau. Même un portable pour parler sans que toute la mer m'écoute. Baleines itou. Je t'ai encore fait un tour. Regarde la poignée de baleines autour de toi. Ne cherche pas les bosses. Confisquées ! »

Elle se débarrasse des planches, allonge les jambes sur la banquette opposée du cockpit et, les mains sous la nuque, se laisse aller au spectacle de la mer dans le matin radieux, à la douceur de son balancement, à la mélancolie des pensées.

« *La seule chose importante, c'est qu'elle nous ait appelés papa et moi. Par-delà les décennies de mutisme. Par-delà la démence... Au seuil de la mort... Tu parles, Zana ! Je n'ai rien entendu... Hagitec-magitec ! Mon père tailleur de pierres et de courants m'a donné la mer entre deux langues. De l'autre rive, la mère, elle, a mis ma vie entre elle et moi.* »

X

Le vide soudain dans la poitrine. Si grand qu'il pèse, broie. Les bonds du cœur, la panique avec laquelle il se heurte aux côtes comme un insecte s'assomme contre le piège d'une vitre. Un cri, une crise précipitent Nora dans la mer. Elle a juste eu le temps d'enrouler une partie du génois pour diminuer la force de traction du bateau et de passer l'anse de l'amarre arrière sous les aisselles. Un nœud marin ferme celle-ci en anneau pour parer au péril de ces plongeons. L'eau lui frictionne le corps, le parcourt avec des gargouillis vertigineux, naufrage l'angoisse. Autour de Nora, la mer est une pelure de soie dans la résille arc-en-ciel du matin.

Nora est en train de déguster une autre tasse de café quand le téléphone se met à sonner. Elle sursaute, recule, le fixe sans parvenir à le toucher. Hagards, les yeux se détournent, fouillent la mer, l'appellent au secours. La sonnerie s'arrête, reprend aussitôt. En tremblant, Nora finit par décrocher et se détend en reconnaissant la voix hachée et parasitée de Loïc :
– J'ai essayé de te joindre hier soir, même très tard. Heureusement ta ligne toujours occupée me rassurait.

150

Je suppose que tu parlais avec cette femme à Montpellier. Après ton départ, je suis allé chez les flics. De retour sur *L'Inutile*, j'ai entendu des appels à *Tramontane* sur la VHF. C'était les mêmes voix qu'il y a deux jours... Est-ce que la tienne était allumée ?

– Oui. Je n'ai rien entendu. C'était sur le canal de veille ?

– Oui. C'est bien la preuve qu'ils te cherchent toujours autour de la Sicile.

– J'ai bien fait de déguerpir. Je vais filer droit sur Cadaqués... Qu'est-ce que je savais qu'ils aient décidé de me faire cracher ? Ils ne croiraient jamais mon histoire de perte de mémoire.

– J'ai quitté Ustica immédiatement, avec l'espoir de les apercevoir, de relever le nom de leur bateau. Comme je regrette de ne pas l'avoir fait à Syracuse. Mais j'étais loin de m'imaginer...

– De toute façon, ça devait être un faux nom. Ils doivent pouvoir en changer souvent. Ils ont appelé longtemps ?

– Une douzaine de fois... Il y avait quelques mots sur Jean Rolland dans les journaux d'hier. Toujours les mêmes. Je les ai eus par cet ami dont je t'ai parlé. Rien sur toi. Je t'ai noté les textes des communiqués.

Loïc les lui lit. Ce sont les mêmes, en effet, que ceux de la dépêche entendue à la radio.

– Comment s'est passée ta déposition ? Est-ce que tu as pu soutirer quelques renseignements aux policiers ?

– Non, aucun. La déposition en elle-même s'est déroulée normalement. Je leur ai donné le signalement des deux hommes. Mais... une heure plus tard, ils ont déboulé sur *L'Inutile* et l'ont fouillé de fond en comble sans me donner aucune explication. C'est curieux, non?

– Ils avaient peut-être besoin de vérifier que tu n'étais pas un complice déguisé. J'espère qu'ils ont entendu les appels, eux aussi.

– Je ne sais pas. Une idée m'est venue à les regarder fouiller *L'Inutile* aussi méthodiquement... Est-ce que tu n'as rien trouvé d'autre que cette lettre sur ton bateau? Tu transportes sûrement quelque chose qui pourrait te mettre en danger. La reprise de la traque par les autres conforte ce soupçon.

– De l'argent.

– Une grosse somme?

– Je n'ai pas compté... assez importante, je crois, d'après son volume.

– Ça pourrait peut-être suffire... Fouille quand même de nouveau. Si tu tombais sur quoi que ce soit de suspect, il faudrait t'en débarrasser immédiatement. Arrête-toi en Sardaigne pour mettre ce fric dans le coffre d'une banque. Ce sera plus prudent. Même vis-à-vis des tracas policiers.

– Tu crois que les flics auront fait le rapprochement entre Myriam Dors et Nora Carson?

– Sans doute pas. Sinon, les Italiens t'auraient déjà épinglée.

– C'est que les papiers de Myriam Dors sont plus vrais que des vrais.

Le ton de Nora est ambigu.

– Tant mieux, ils vont te permettre de continuer à te planquer le temps nécessaire... Mais, attends, qu'est-ce que tu es en train d'insinuer ?

– Je ne le sais pas moi-même, pour l'instant... Tentation de disparaître pour de bon ? De refaire vraiment peau neuve ? Faute de consistance, je ne l'ai pas beaucoup habitée, la Myriam Dors. Mais je l'aimais bien, finalement. Elle s'est endormie en moi et m'a laissé sa paix. Je pouvais prendre toutes les libertés avec elle. Même des détours par d'autres identités. Me parler à la troisième personne ou me tutoyer.

– Tu pourras te prévaloir d'autant de faux papiers que tu voudras, tu garderas toujours la même peau plus ou moins écorchée mais collée au mental. À propos, j'ai découvert que... Non, ne ris pas. J'ai toujours le nez dans les dicos même en mer. Est-ce que tu savais, toi, que la peau provient du même tissu que le cerveau, au cours du développement de l'embryon ? L'ectoderme, si je me rappelle bien. Ça m'a épaté. J'aime penser que la peau est déjà une mémoire, une identité à elle seule. C'est peut-être pour ça que certains voyants peuvent lire les destins, les tracés de la vie dans les lignes de la main. Délire de rêveur, me diras-tu.

Un silence tombe dans la tête de Nora. Elle jette un regard effaré à la mer avant de murmurer :

– L'ectoderme ?... Non, non, tu n'as pas tout à fait tort. Tu sais... J'ai fait de l'eczéma de ma naissance jusqu'à l'âge de cinq ou six ans. Un eczéma terrible. Je devenais une boursouflure. J'avais honte devant les autres enfants dans la salle d'attente du pédiatre. Eux, ils avaient une si jolie peau. Je supposais qu'ils ne venaient là que pour des peccadilles. Pour me persuader de me rendre aux consultations, ma mère me ressassait : « Toi, tu es forte, très forte. » Le pédiatre me montrait à un psy pour enfants. J'en avais marre d'aller exposer mes pustules à tous ces regards. Marre des persécutions du psy. Il se tortillait comme s'il allait pondre un œuf à essayer de m'extorquer des traumatismes dont j'étais loin de soupçonner l'existence. Je m'énervais. Je n'avais rien à dire, rien à révéler. Un jour, découragé, le pauvre homme m'a caressé les cheveux en lâchant d'un ton navré : « Tu as la peau qui pleure. Il faudra bien qu'on essaie de trouver pourquoi pour te guérir complètement. Sinon, on aura beau te blanchir, ça reviendra. » Les médecins appellent « blanchir » le fait de te donner des pommades et des médicaments pour faire disparaître cette saleté de cloques suintantes. Longtemps, j'ai pensé que ce mot, blanchir, était réservé au jargon médical. Un jour, j'ai découvert une blanchisserie. J'ai écouté les dialogues des adultes en regardant, horrifiée, le linge qui tournait dans les tambours tout autour de moi. Tout à coup, ils se sont tous mis à gronder comme une meute de chiens, à cracher dans mon crâne, ces sacrés tambours. J'ai détalé en hurlant. Arrivée chez moi, j'ai pris un crayon et j'ai dessiné avec fureur ces bouches de verre et leurs tourbillons de bave grisâtre, les stries de leurs couleurs dévorées par une mousse sale. Puis, j'ai oublié toutes les crasses et j'ai continué mes gribouillis à moi. C'est

154

comme ça que je suis entrée dans le dessin. C'est le papier qui m'a définitivement « blanchie ». Je n'en ai plus jamais fait.

Au bout de quelques secondes, Loïc prend un ton détaché pour répondre :

– Ça ne m'étonne pas. Tu avais mis toute ton énergie à l'évacuer. Celle que tu crois endormie en toi est au contraire ta part la plus irréductible, ton noyau dur. Celle qui s'obstine et s'arroge le droit à la volupté quelles que soient les absences, les disparitions et autres blessures. Celle qui te sauve, te lave, te guérit et te réinvente par le dessin. Qu'importent l'appartenance et le nom, Myriam, Ghoula, Eva ou Nora. Ta blanchisseuse est toujours la même, fidèle à l'œuvre, à sa progression, vivante quoi !

– Vivante ? Aïcha ?

– Pourquoi Aïcha ?

– En arabe, Aïcha veut dire vivante.

– Ah bon ! ? Et qu'est-ce…

– Et le reste, tout ce qui fait une identité ne serait que des enveloppes de ce tu appelles « le noyau dur » ?

La voix claire et enjouée de Loïc désamorce, de nouveau, la tension de sa question :

– Son nerf et sa chair, ma chère. Tu aurais dû me le filer, ce coup sur la tête. Qu'est-ce que j'aurais aimé perdre la mémoire. C'est terrible, moi, je me souviens de tout. Même mes comas éthyliques ne me protègent de rien !

Nora s'esclaffe :

– Rassure-toi, tu finiras peut-être alcoolique mais pas

si vulnérable que ça. Au contraire. Il faut être diablement solide pour tordre son passé comme tu le fais. Mépris et capot sur les mots.

– Plutôt monstrueux, ou mort-né, mort-vivant. Tu sais, il y en a tellement de par le monde. Trêve... Donne-moi ta position exacte. Je t'entends très mal. Ton téléphone va être bientôt hors de portée. Le mien aussi d'ailleurs.

Nora calcule sa position, la lui indique :

– Tu ne fais pas route vers Palerme ?

– Non. J'ai décidé d'aller fortifier mon ennui en Corse avant de passer Gibraltar. La côte y est si merveilleuse. Par ici, les engins à moteur me cisaillent les nerfs.

– Ton fils n'est pas venu ?

– Non. Il a appelé pour dire que, finalement, il préférait aller directement en Toscane. Je m'y attendais. On pourrait se retrouver dans une crique, en dessous d'Olbia ? Je t'accompagnerai en ville, à la banque ?

Est-ce qu'il ment ? Que cache-t-il de si récalcitrant pour se montrer aussi retors ? Pourquoi veut-il continuer à la suivre ? Est-ce parce que son histoire représente une aubaine contre son cafard ? Est-ce que le rôle de chevalier des mers l'amuse ? Est-ce qu'il répond au sentiment d'une part d'implication dans ce qui pourrait lui advenir ? À une morale altruiste ?

« *Tout ça à la fois. Sûrement. Et ce que j'ignore.* »

Les yeux de Nora se perdent à l'horizon, derrière son sillage.

« *Pouce, je n'ai pas le temps de jouer. Je n'ai même plus de tête à perdre fût-ce pour une gueule d'anomalie.* »

– On convient d'une crique ?

Nora imagine les remuements de la lumière dans le marine de ses yeux, leur expression oscillant entre défiance et intérêt, les fronces de ses sourcils.

– Je ne m'arrêterai pas en Sardaigne. J'ai trop besoin de la mer. C'est ma meilleure protection. Je n'irai pas à Montpellier, non plus, dans l'immédiat. Je ne veux pas que Zana se fasse du mouron pour moi. Après les bouches de Bonifacio, je filerai droit sur Cadaqués. Il me semble que là-bas je me retrouverai plus facilement...

Loïc tente encore de la persuader de s'arrêter en Sardaigne. Mais ses propos sont noyés par le crachotement de la ligne. Nora l'interrompt :

– Écoute, la communication est vraiment trop mauvaise.

– Tu fouilles le bateau maintenant ? Et laisse la VHF en veille tout le temps. D'accord ?

– Oui.

Le silence de la ligne coupe court à l'embarras des au revoir.

Le vent a encore tourné. Il est complètement est maintenant. Le ciel tremble comme un mirage dans la canicule. La mer est aveuglante, gondolée par la chaleur. Le nez levé vers la girouette, Nora largue un peu plus les voiles. Puis elle les regarde faseyer durant un instant avant de se résoudre à affiner leur réglage. Ses gestes sont lents, décomposés :

« *Blanchir, sauver la peau. Pas pleurer des cloques de*

l'enfant. Pas liquéfier les yeux. Toute l'eau de la mer déjà autour. Pas exploser en pustules. Puis, des croûtes qui se fissurent. Puis le corps comme une brûlure. Un corps de caoutchouc. Jamil, Jamil, serre-moi ! »

Soudain, un grondement de tambour enfle, monte dans sa tête. Elle porte les mains aux oreilles, saute sur les pieds, arpente la longueur du bateau, s'arrête à l'arrière, scrute le vide de l'horizon :

« *Serre-moi !* »

Debout contre le balcon avant, le visage toujours tourné vers l'arrière, le souffle de l'air dans les cheveux, elle se calme peu à peu. La mer et le ciel l'inondent. Déluge de bleu dans une pluie de lumière. Les bras ballants, Nora essaie de recoller ses pensées. Sensation bizarre. La tête reste hors jeu. Le cœur toque comme un marteau. Le corps fourmille. La sécheresse des yeux picote les pupilles. Avec une lenteur de félin qui se réveille, Nora finit par bouger, chausse ses lunettes, allume la VHF, la laisse en veille sur le canal seize. Puis, elle entreprend de fouiller de nouveau les coffres intérieurs, les uns après les autres, sans plus de succès.

Après un moment d'arrêt, Nora part à la recherche de la lettre de Jean Rolland, la relit, hésite à y mettre le feu, la plie et la planque dans un pot à épices. Du coffre de la couchette avant, elle retire le fusil, va le cacher derrière les cirés, à l'entrée, hausse les épaules, retourne sur ses pas, fixe longuement le magot de la mallette :

« *Combien ? Pas envie de compter. Pas envie de toucher ça.* »

Elle grimpe sur l'arrière du cockpit, ouvre le coffre,

observe avec découragement les cordages, gilets de sauvetage, harnais, tuyaux… Elle connaît par cœur le barda classique des coffres de cockpit qu'elle fixe dubitative. Du matériel, des objets précieux pour la vie en mer, certes. Qui aurait l'idée saugrenue de cacher quelque chose d'autre là-dedans ? L'argent, la lettre, les faux papiers… Toutes les pièces à conviction sont dans la mallette.

Nora pense « *pièces à conviction* » avec circonspection. Elle ne parvient pas vraiment à adhérer à cette fiction-là. Est-ce en raison de sa perte de mémoire ? Est-ce parce qu'elle est dans un tel bouleversement que la dérision submerge tout ? Ou bien, est-ce le signe d'une intuition profonde dont la crédibilité, la signification restent encore hors d'atteinte ?

Perplexe, elle abandonne la fouille et met le moteur au ralenti. Le vent est complètement tombé. Un verre d'eau à la main, Nora regarde autour d'elle. Dans la fournaise de l'après-midi, la réverbération allume la mer de flammèches blanches. Toute l'atmosphère est un brûlis qui dévore les yeux jusqu'aux nerfs. Le sang de Nora chauffe à fleur de peau et cuit les marques de sel aux bras, au visage, aux cuisses. Les cheveux crépitent comme une limaille de fer.

Des notes de luth percent de cette torpeur, encore lointaines. Nora se recroqueville, tend l'oreille. Ce luth, rondo de la mer qui la poursuit partout et la bouleverse ? Il surgit des clameurs comme du calme des eaux. Il monte d'un vertige sevré, fouille les entrailles, s'abreuve du souffle. Nora saute à l'intérieur du rouf, cherche parmi les CD, trouve des improvisations de luth. Sur la pochette est écrit « Jamil » en grosses lettres rouges... Nora tourne le bouton du volume à fond. Recueillie dans le cockpit, elle appelle de toutes ses forces ce remuement qui enfle encore en elle au tempo du luth. Les notes s'égrènent, se gorgent de lumière, ricochent sur les ondes, gagnent la mer entière et la transportent. Nora revoit, tout à coup, ce jour de mer furieuse là-bas, à Cadaqués. Elle a fui Paris où l'hiver s'est annexé le printemps, où l'angoisse et les doutes lui ont barbouillé le cœur et l'esprit. Après une première journée de navigation dans les bourrasques de la tramontane, elle se voit quitter le bateau pour longer les falaises, s'asseoir à la pointe de la baie au creux des rochers. La houle est un magma de cristal. Elle fume, hache l'horizon, brise la lumière, la frise et l'accroche aux crinières des déferlantes. Elle assourdit les cris des cormorans, déborde le « Créous » et va de son ivresse avec le regard et les pensées. Soudain, dans la rumeur des vagues, c'est un autre morceau de luth qu'entend Nora. Un conciliabule crépusculaire des infinis qui parle dans le ventre. Nora se tourne, cherche des yeux. Juché sur la falaise, un homme basané, presque noir, fait corps avec son instrument. Il s'arrête, la regarde :

– N'zid ?

« N'zid ? » : « Je continue ? », et aussi : « Je nais. » Elle aime la sonorité de ce mot, n'zid. Elle aime l'ambivalence qui l'inscrit entre commencement et poursuite. Elle aime cette dissonance, essence même de son identité. N'zid, elle aime la voix qui la reconnaît de cette langue, elle qui croyait que son physique n'était de nulle part. « N'zid. » Elle fond. Éperdue de gratitude, elle acquiesce d'un signe de la tête. Elle voit le visage de Jamil. Elle voit son corps courbé par l'étreinte du luth, vibrant à sa plainte. Il joue au bord de la mer comme dans son désert. Il joue le regard au loin mais ses yeux ne semblent rien voir. Il a seulement besoin de cet espace pour respirer. Une étendue nécessaire aux variations de son luth aussi.

D'autres souvenirs assiègent Nora. Elle tressaille, revoit sa rencontre avec Jamil à Cadaqués. Des bribes de leurs discussions se bousculent en elle. Elles évoquent le pays et l'exil. Nora explique qu'il faut d'abord être de quelque part pour se sentir étrangère ailleurs. Dans le mot étrangère, il y a une ère en trop. Un espace-temps où s'entend une aire, une terre. Nora, elle, se croit seulement étrange. L'époque comme le sol lui semblent deux déclinaisons d'une même absence. En dehors du dessin, de la peinture, seule la mer l'arrache au vide, car, vide magnifié, elle comble tous ses riens. La voix de Jamil proteste, envahit la mer, rauque et chaude. Sa voix devient la mer. Elle dit : « Tu n'es pas de nulle part. Tu es de cette mer et tu as trois terres d'ancrage. S'il prenait à l'une la manie de se mutiler, il t'en resterait encore deux. Tu es forte de ce trépied. Il t'équilibre, borde ta mer et te libère. Tu n'es pas de nulle part. Tu es un être de frontière. Le nulle part, non lieu, te condamne au non-être. Une mort à petits riens. Une agonie qui dure toute la vie. Mais les lieux peuvent

161

se transformer en prisons. Longtemps le désert a été pour moi le pire des enfermements. Il ne peut y avoir d'amour, d'identification à une terre sans liberté de mouvement. Celle du corps et de la pensée. Même mon luth en était muet. Chez moi, avant, les nomades disaient qu'ils n'étaient pas des palmiers pour avoir besoin de racines, qu'eux ils avaient des "jambes pour marcher et une immense mémoire[1]" ! Ils disaient qu'ils devaient quitter, partir, trahir pour pouvoir revenir, pour pouvoir aimer... Ils disaient que les déserts étaient "de grands larges au bord desquels l'immobilité était une hérésie[2]". Un jour, ils se sont arrêtés de partir, de marcher et leurs mémoires se sont atrophiées. Chez nous, l'identité est devenue une camisole. Pour un nomade, c'est ça l'exil, les siens devenus hermétiques, les proches, étrangers... Fuir, gagner des ailleurs est alors une nécessité pour ne pas tout perdre. Ce que les autres appellent l'exil m'est une délivrance. »

Nora lui parle du dessin, de la peinture, de la mer. Jamil hoche lentement la tête et s'extasie dans la langue imagée des gens du désert : « Entre la quille d'un bateau et la mine d'un crayon, le monde est vaste. Aussi vaste que dans le ventre d'un luth. »

Maintenant, Jamil arbore la couleur de sa peau, ses métaphores et les roulades de son luth en derniers refuges contre toutes les dislocations et les déshérences de l'identité. Maintenant, il sillonne le monde pour

---

1. *Les Hommes qui marchent*, Grasset.
2. *Ibid.*

les besoins de la musique. Maintenant, des terres étrangères le rendent à lui-même, au corps vivant de son
luth, à ses cordes où se prend la mer, aux rets des sables
où il aime à présent s'attarder. Maintenant, le bleu de
guerre du ciel du désert a fondu en eau. Maintenant, les
soifs s'étanchent, le feu des yeux gagne les aires du plaisir. Maintenant, le ressac de la mer le ramène au désert.
Surpris, il le redécouvre en elle, tel qu'il ne l'avait
jamais perçu. Enfin délivré de la vermine des yeux des
autres et des censures. Maintenant, il sait que ses sables
sont une traversée dont on a tenté de l'exclure. Maintenant, il l'entreprend chaque jour, des quatre coins du
globe. Bercé par la mer, il retrouve ses espaces, recompose toutes leurs sonorités, leurs sensualités. Maintenant la mer est son autre désert.

Après des intrusions de cheval fougueux dans la vie
de Nora, Jamil disparaît des semaines, des mois sans
donner de nouvelles. Ou si peu. Nora reprend alors ses
pages blanches et la mer. Parfois à son appel elle va le
cueillir en bateau en Grèce, en Turquie, au Liban…
C'est depuis cette rencontre que Zana a commencé à
maugréer : « Jamil, le dessin, le bateau. Tu existes pour
rien d'aute. S'il est pas avec toi, tu risques d'oublier
de respirer un jour. Cet homme, il t'a volé la tête. »
Mais Nora sait que Jamil ne lui a rien dérobé. Bien au
contraire, il l'a aidée à conquérir sa part manquante,
l'Algérie, même si elle n'y a encore jamais mis les pieds.
Son verbe lui en a forgé une perception plus complexe,
moins fantasmagorique et réductrice que les seuls

récits de ruptures et de violences. Plus généreuse aussi. Il a rendu l'autre bord de la mer concret, désirable. Un jour, elle pourra peut-être y accoster. Elle l'aborde déjà par la volupté du luth, par la langue flamboyante du désert, espace jumeau de la mer. Sur ses toiles, sur ses cahiers, l'onde et la dune, le sable et l'eau, le silence des cailloux, le murmure des vagues, par les mêmes lumières hantés. La mer devenue encore plus vaste par cet appel lointain, par la présence de son chant, par les passions d'une voix.

Nora sait que personne ne peut lui voler la tête. Sa tête vole toute seule, définitivement ensauvagée. Mais comment Zana pourrait-elle comprendre que Nora veuille vivre cet amour comme il vient ? L'inespéré arraché par bribes à l'absence et à l'errance. Comment l'exception pourrait-elle souffrir la durée ? La récidive de ces instants tient déjà du mystère dans l'épreuve du temps. Alors Nora se tait sur cette passion nomade. Elle tait ses fusions et ses fuites, ses fulgurances et ses phases de divergence. Forcément. Le dessin, la mer et la musique sont des modes de célébration d'une liberté qui dépasse l'entendement de Zana. Ils découlent tous trois d'une même essence : la tentative d'apprivoiser tous les sens de l'abandon. Ils sont tous trois des espaces livrés aux énergies de l'angoisse et du doute sur le canevas de la sensibilité. Ils sont le fil du funambule tendu au-dessus des abîmes par la seule obstination du désir.

Le son du luth a cessé. Nora lève les yeux, scrute la rondeur vide des horizons. Le ciel est taciturne. La mer balance une attente cramoisie et se languit des paupières de la nuit. Le visage de Jamil revient remplir les yeux de Nora. Dans le besoin de son corps reflue l'urgence de sa musique encore. Nora s'engouffre dans le rouf, met un autre CD, ces morceaux intitulés « N'zid » qu'il jouait à Cadaqués, se sert un pastis avant de rejoindre le cockpit. Ses oreilles bourdonnent. Son sang cogne. Sur la peau épaisse et rouille de la mer, roule la narration du luth. Elle raconte des trahisons, des départs, des désespoirs, les tremblements des retours, la face noire de la joie. La mer et le ciel ont pris la couleur du désert. Des quintes de vent de sable déferlent et soufflent dans les yeux, sur les eaux et montent se frotter aux rives du mistral et de la tramontane.

C'est lui, Jamil, l'homme avec elle sur la photo. C'est lui qui lui a offert la croix du Sud en guise de porte-bonheur. C'est lui qui devait être avec elle sur le bateau. Il ne peut composer sa musique qu'en mer dans la rumeur et les humeurs de l'eau. Il vient l'attendre en mer. Elle lui arrive joyeuse, grave ou tragique, dans toutes les rimes de l'attente, tous les rythmes de la traversée. Ailleurs, il ne fait que déployer, retravailler ces résurgences où la mer se coule avec des effusions d'amante sur les sables brûlants du désert.

Il n'y a que lui, Jamil, qui puisse infliger des déceptions à Nora. Comme celle ressentie lorsqu'il a annulé son départ avec elle pour Athènes, décidé à répondre à une invite de dernière minute pour un concert à Oran. « Il faut que j'y aille ! Je dois y aller. Je te rejoin-

Jean devait passer par la Tunisie au même moment, avant un court séjour en Algérie, lui aussi, « pour affaire ». L'Algérie est la grande affaire de sa vie. Si Jean n'est pas né dans ce pays, celui-ci n'en demeure pas moins sa patrie. Il avait quatre ans quand ses parents se sont établis à Alger. Arraché à l'Algérie adolescent, l'Algérie ne l'a pas quitté. Il y est retourné adulte, y a vécu longtemps, occupé divers postes de responsabilité dans le monde de la culture, celui des beaux-arts surtout. Il a été obligé d'en repartir sur une histoire sulfureuse à propos de laquelle il sait gré à ses amis de garder le silence. À Paris, il tient l'une des rares galeries privées où peuvent s'exposer les œuvres des Algériens. « J'irais bien à Athènes avec toi, puisqu'il t'abandonne. Moi, j'ai besoin de brouiller les pistes au maximum avant de me rendre en Algérie. » « Brouiller les pistes ? » Pour toute réponse à la question de Jamil, Jean s'est contenté d'un sourire énigmatique. Jamil et Nora sont si habitués aux énigmes, aux excès et aux excentricités de Jean, dès qu'il s'agit de l'Algérie, qu'ils n'ont accordé aucun crédit à cette réplique. « Ah, mon salaud ! Tu ne rates pas une occasion pour essayer de te placer auprès de Nora, dès que j'ai le dos tourné », s'est écrié Jamil, ne plaisantant qu'à moitié. Le penchant de Jean pour Nora n'est un secret pour personne. Cependant, Jean l'affiche avec tant d'ostentation que Nora n'y a jamais vu que l'expression de leur grande complicité. « Je n'attends pas que tu sois loin pour lui répéter que tu es l'erreur de sa vie. Nora, Moi, je pars avec toi à Athènes. Après, Moi, je t'emmène à Oran si tu veux, pour t'extirper les

167

dernières angoisses de l'Algérie. » Les deux hommes s'étaient mis à se boxer en riant et avaient roulé par terre comme des gamins. En se relevant, Jean avait conclu avec sérieux : « C'est bien que tu y ailles. C'est nécessaire. »

« Besoin de brouiller les pistes ? Ils sont tous les deux là-bas. Jamil devait me rejoindre à Syracuse ! Il faut que je l'appelle, qu'il vienne à Cadaqués... Qu'est-ce qu'il a fait, Jean ? ! Aux infos, on disait "relations avec les intégristes"... »

Leurs chamailleries à Jamil et lui à propos de l'Algérie lui reviennent en mémoire. Jean était pour une Algérie arabisée, « rendue totalement à elle-même, c'est-à-dire à l'Islam ». Il prétendait que c'était la seule façon pour que le pays retrouve sa véritable identité. Il disait que le mouvement islamiste était salutaire à son avenir. Ces paroles faisaient sortir Jamil de ses gonds : « Qu'est-ce que tu sais de ces gens-là, toi ! » Jean se mettait à hurler à son tour : « Je les connais mieux que toi, moi ! Je ne les juge pas aux petites frappes qui sèment la mort. Ça, c'est la réalité de toutes les guerres. Mais derrière ceux-là il y a des intelligences, des penseurs d'une autre trempe que tes démocrates de salon. Ce ne sont pas ces bras cassés, ces couilles molles qui ont viré la vermine FLN du pouvoir ! » Jamil fulminait : « Tu veux que je te dise ? Tu es un pauvre mec, tout pourri de fric que tu sois ! Une fin de race. Une graine de colon qui n'a plus rien à vampiriser. Pauvre mec, tu es né trop tard. Sinon, tu te serais fait un nom dans l'OAS. » Et Jean de crier plus fort encore : « Non ! À ce

168

souvenirs. Les notes du luth, des images éclatent en elle, éclate la houle contre la coque. Joie et désespoir unis jusqu'à l'infini. L'infini, une ligne brisée, deux tons d'indigo, leur soudure au chalumeau du couchant. Une bouche incandescente.

XI

Installée à l'ombre des voiles, les gestes hachés, les traits crispés, Nora semble livrer bataille au blanc du papier. Le visage de sa mère, elle l'entame par les yeux. Des yeux immenses, consumés par la fusion du rire et de la détresse, de la volonté et du renoncement. Durant un moment, Nora se perd dans leur contemplation. Puis, elle se concentre, essaie de continuer, de retrouver le nez, la bouche... En vain. Sauf les cheveux. Les cheveux coulent d'eux-mêmes. Une longue ondulation noire qui tombe dans le vide. Nora est incapable de donner des traits, un corps à ce regard tourmenté. Pas même le socle de la gorge, l'assise des épaules. Rien. Néant, le corps. Blanc béant. Rien. Juste ces yeux dévorant l'aile sombre des cheveux. Elle ne veut pas l'inventer. Elle ne le peut pas. Elle tend la main, écarte la planche.

Le mot arabe désignant l'œil, aïne, lui revient en mémoire. Pour l'œil et la source, ce même mot, aïne. Nora hausse les épaules :

« *Aïne, hagitec-magitec, les yeux qui se détournent, les sources qui se tarissent enterrent et la mémoire et l'imagination.* »

171

Calmement, Nora finit par adosser la planche au rouf et saisit un carnet. « *Zid ! Hagitec-magitec !* » Ses doigts retrouvent la légèreté du trait. Le crayon reprend son jeu de feu follet, dispute à la gomme la liberté de sa course, de son jet. Nora est courbée par la concentration. Un sourire triste flotte sur ses lèvres. Une bande dessinée se déploie de page en page. Elle commence par l'arrivée de Samuel dans un port breton, la solidarité des marins qui le mettent dans un camion pour Paris. Ses premiers boulots au noir, à tailler la pierre. Encore la pierre. Mais, à ce moment-là, à défaut d'accueil, la France était au moins « une terre de travail ». Comme Samuel, le colosse blond, était un chevronné du caillou, il n'a eu aucune difficulté à régulariser sa situation et à devenir, très vite, chef de chantier. Désormais, ce sont des tâcherons de Portugais, d'Espagnols et d'Arabes qui cassent, taillent la pierre sous ses ordres.

Le crayon sabre, élague, va à l'essentiel de l'enfance et de l'adolescence. Les silhouettes d'Hercule de son père se poursuivent dans tous les états du rêve et du langage. Dans leurs sillages virevoltent des jurons et mots doux en anglais. Au bord des jurons et des mots s'incrustent deux yeux ronds, deux mains avec gomme et crayon, un petit corps en bulle. La prononciation de Zana *titi miette*, à traduire par « tu étais muette », lui revient en tête... Nora éclate de rire :

« *Papa, lui, t'appelle Sweety. Parfois Honey. Miette, te va bien aussi.* »

Les années de construction du bateau défilent, ponctuées par Zana, fée des moments de joie, ses tajines mitonnés au miel de son rire, ses anecdotes au tragique truculent. Combien d'années? Une douzaine au moins. Duo de Samuel et Zana sur l'exil et la guerre. Deuil et rêve de retour. Duel épique. L'un par l'autre hanté, ils grandissent et les torturent. Le bateau prend forme. La mère est absente, forcément. Aucune esquisse, aucune allusion.

Nora pousse au bout de ses crayons. Entre les doléances des langues de l'enfance et le français qui la cueille dans la rue puis l'accueille à l'école, Nora n'a pas de terre. Elle n'en souffre pas. Bien au contraire. L'attachement à une patrie ne symbolise pour elle qu'un état de souffrance : celui de son père, celui de Zana, celui qui l'a privée d'une mère. Il est une menace qu'elle foule aux pieds. Le sol quel qu'il soit? Entrelacs de lignages que tissent les pas, que balisent des visages, des affections. Elle, elle traverse des juxtapositions d'espaces de langage, de moments de densité, de tonalité différentes pour se tenir toujours dans la marge. La marge est son lieu privilégié, à la fois refuge et poste d'observation. La marge métamorphose les êtres en vigiles. Nora y apprend les vertiges des ruptures, les blessures de la liberté, l'ampleur salvatrice du doute.

Au fil des années de scolarité, le français, langue de la terre étrangère où elle est née, se coule imperceptiblement dans sa gorge, embrasse sa peur et ses attentes, la sève de sa plume et même la crasse de ses crayons. Il comble les manques creusés par les parlers de la naissance, lui donne des livres, vivres des instants retranchés au dessin. Un destin. Nora n'a pas fini d'assouvir ses différences que ses seins pointent déjà en défi à la vie.

Il ne reste plus que quelques bricoles pour achever la construction du bateau. Il a déjà un nom : *Galway*. Pour fêter l'événement et les seize ans de Nora, Samuel Carson emmène sa fille dans un restaurant « chic ». Il est dans un état de surexcitation indescriptible. Une soirée mémorable à discuter du choix d'un port en Bretagne, du transport du voilier en convoi spécial, de la mise à l'eau, du mât et des voiles qui conviendraient, de la fortune encore à débourser... À trois heures du matin, ils sont de retour au hangar. Ils gravissent, en riant, l'échelle, montent à bord de *Galway*, sabrent le champagne et trinquent ensemble. Samuel est saoul, Nora légèrement éméchée pour la première fois de sa vie. Le père se met à chanter en gaélique. Nora dessine leur danse sur le pont de *Galway*.

Une semaine plus tard, par une nuit de pluie, Samuel est fatigué, il a peut-être un peu picolé, il roule peut-être un peu vite. En doublant une voiture, il s'encastre dans un camion.

Le soleil a dévoré l'ombre des voiles et frappe le crâne de Nora. La sueur dégouline de son visage, goutte sur le dessin. Il est midi. Nora a noirci un carnet. La tête bourdonnante, elle se lève d'un bond, va se mettre sous la douche. Ses yeux traversent le miroir, se perdent en eux-mêmes :

« *On ne m'a pas laissée voir son corps. J'aurais dû le toucher, l'embrasser, lui prendre la main une dernière fois. Je n'aurais pas dû accepter qu'il s'en aille sans mes yeux sur lui, quoi qu'il en soit. Le temps de m'en rendre compte, il était déjà trop tard. La pluie continuait à pisser. Je suis restée devant sa tombe, lourde ou vide de ce manque. Je ne sais pas. La suite non plus... Juste le hangar sans sa voix. Le hangar fermé sur toutes ces foutues années à coller, scier, raboter, poncer, visser, ajuster... Ces foutus lattes, taquets, joints, courroies comme des sangsues à ses doigts... Dressé sur ses cales, le voilier avait les lignes racées, tracées avec la minutie du labeur acharné. Ventru, il me le paraissait soudain par la charge des heures éreintées, des privations, des exaspérations... tout ce foutu temps vampire tourné en vertu du travail. Pire encore, en œuvre d'une passion. Je le regardais, ce bateau, et je ne pouvais même plus dessiner tellement, tellement, il était splendide de désespoir muet, l'abandon sur la ligne du départ. Tellement, il me crevait les yeux.*

« Ensuite, nous avons dû batailler Zana et moi pour qu'on ne nous sépare pas. Heureusement que monsieur Cassin... René Cassin ! Mon professeur de dessin ! »

Les yeux de Nora surgissent, illuminés, de leur brouillard à la prononciation de ce nom. Elle gronde son reflet :

« Nora-Ghoula-Sweety-Miette, comment tu as pu oublier René Cassin ? Heureusement qu'il était là ! Oui, même avant. Durant toute la période du lycée, il n'avait pas cessé de me ressasser : "Le dessin, c'est ta voie. C'est ta vie à toi. Il faut que tu ailles aux Beaux-Arts." Il venait souvent nous voir au hangar. Il aimait bien mon père. Nous projetions même de faire un voyage ensemble sur

notre bateau... Femme de harki ou pas, Zana restait une bougnoule pour les officiels français. Et moi, demi-bougnoule, jusque dans mon prénom ou pas, j'étais quand même la fille d'un Irlandais. L'amour ne comptait pas devant la loi... René Cassin est intervenu très vite. Lui, oui, il pouvait être mon tuteur. Français bon teint. Profession honorable. Conduite itou. Tout. Grâce à lui, j'ai pu vivre deux ans chez Zana. René s'est occupé de la vente de notre appartement. Pour celle du voilier, il a dû déployer des trésors d'arguments. Au fond de moi, je savais qu'il avait raison. J'avais seize ans. Je n'avais jamais navigué. Les longues études encore. Un jour, j'ai dû me résoudre à voir Galway *partir du hangar. C'était comme un second enterrement de mon père. Mais je voulais regarder, cette fois, accompagner des yeux ce départ. Ensuite, je suis partie aussi. Je ne l'ai jamais revu. Je ne voulais pas le voir sur l'eau, sans nous. Mais une petite joie me remuait le ventre à la pensée qu'il naviguait. Je ne suis plus retournée au hangar, non plus... Après le bac, une chambre de bonne à Paris, les Beaux-Arts, les petits boulots, puis les premières ventes d'aquarelles et de dessins... avant la publication des albums de BD. »*

Nora relève la tête, se fixe dans le miroir, pointe un index accusateur sur son image :

« Ça suffit. Ne me dis pas le reste. Ne me dis pas ta mémoire malade. Je ne veux plus de tes ghettos. Aucun. Je ne veux pas que tu m'enfermes encore dans tes humiliations et tes abandons. Je suis une nomade sans tribu. Redonne-moi la mer, le bleu de son oubli, sa lumière

*des voyages solitaires, réfractaires... Mais, qu'est-ce qui
m'arrive ? Je divague. Je parle comme la voix qui dit
"elle". Ça y est, la garce, elle m'a rattrapée !* »
Elle s'observe avec attention. Les jours de mer ont
accentué son hâle, atténué les marques de l'hématome
dont le bleu se fissure par endroits laissant apparaître
des stries de peau normale. Nora se prend à sourire.
Cela ressemble, à présent, à une toile d'araignée piquée
dans son cerveau. Mais les bouffissures du visage ont
disparu. Elle hausse les épaules à l'idée que les marins
solitaires ont tous une araignée au plafond. Ils ne prennent la mer que pour retrouver les soliloques de l'enfance. Elle sait que les plus taciturnes se mettent à dis-
courir tout seuls. Ils se parlent avec la langue éperdue
de la mer.

Le vent a encore baissé. Elle n'a même pas besoin
de réduire les voiles pour se faire traîner par le bateau.
L'anse de l'amarre arrière passée sous les bras, elle se
jette à la mer. L'élongation du corps, le massage rafraî-
chissant la revigorent. L'eau et le ciel sont de bronze.
Elle n'aura peut-être plus de vent cette nuit. Remontée
à bord, elle installe une ligne de pêche à la traîne.
L'heure et la vitesse réduite seraient propices à une
prise.
Nora reprend crayon, fusain, gouache, et peint son
univers, la mer, décline les bleus de sa Méditerranée,
met leurs variations entre elle et le passé, s'évade dans
leurs sensations. De planche en planche, bleu de la
source entre roche et mousse. Bleu aux salves argent de

l'olivier, du figuier, de l'eucalyptus, quand un souffle se prend dans leurs crépitements. Bleu de leur ombre quand la torpeur s'ambre de sèves braisées. Bleu crochu des garrigues qui griffent le vent, le cardent et le tissent d'haleines épicées. Bleu des maquis piqués au vif quand le printemps y allume les torches des genêts et des myriades de coquelicots. Bleu de l'aloès aux fleurs candélabres des falaises, droites, dans leur cosse brisée. Bleu des chardons, bourres de soie sur leurs plants barbelés. Bleu de l'été scié par des tâcherons de cigales forcenées. Bleu de la chaleur comme une voie lactée tombée sur terre, dilatée à l'infini par la sidération des jours. Bleu tragique de l'automne quand la rouille des vignes et l'hypnose des collines affolent tous les migrateurs impénitents. Ailes, semelles et voile au vent abandonnent les lieux à l'hiver sans pluie, au désespoir des tourbillons de poussière.

Bleu des eaux, sang du globe, qui revient au poumon de la mer chargé de la pollution de toutes les piétailles cellulaires.

Bleu du cerne, fane de paupière quand la dévoration de la vie maintient trop longtemps les yeux ouverts. Bleu – blues de l'âme quand l'espace et le temps se confondent en une même attente blessée.

Nora dépose planches et pinceaux, s'empare du téléphone. Avec une moue triomphale, elle vérifie l'absence de tonalité et s'exclame :

« *Tu ne m'auras plus. Dégoupillé !* »

Mais sa voix sonne si faux à son oreille que son corps

se crispe et que son regard se brouille. Au bout d'un instant, Nora s'arrache à la mélancolie, se lève lentement, scrute la mer qui se berce, le ciel plein de lui-même. Puis, elle s'assied à l'arrière et tire la ligne de pêche. La tension du fil est forte :

« *Un plastique ou un paquet d'algues ?* »

Un poisson émerge, frétille et replonge encore loin. Les pieds calés contre les barres du balcon, Nora tire sa prise patiemment. Une grosse bonite finit par atterrir dans le cockpit. Nora observe les bonds de son agonie avec jubilation :

« *Au four, avec des petits oignons, des olives, des tomates et du citron... Un régal pour trois jours au moins.* »

Elle range la ligne de pêche, cuisine le poisson, prépare une salade et mange de bon appétit, l'oreille tendue vers la radio. Pas d'élément nouveau sur Jean Rolland. Ces différentes voix qui ressassent la même information la rassurent un peu sur son sort. En rentrant son plateau, elle s'arrête encore devant le téléphone, coquillage échoué.

Elle aurait aimé joindre Jamil, raconter à Loïc les pans retrouvés de sa mémoire, ses craintes. Pour échapper à l'inquiétude, Nora s'attelle de nouveau à l'aquarelle, s'essaie aux traits de Jamil, de Jean, de Loïc.

La mer est déjà d'encre, quelques étoiles vacillent dans un ciel encore indécis. Nora allume ses feux de route, une torche, admire les trois portraits. Ce sont eux, il n'y a pas de doute. Ils sont bien là. Elle se sent bien sous leurs regards si différents. Réconfortée, elle continue, se remet aux amours de sa méduse.

La mer est un luth, les vagues, des cordes tendues entre les rives, le corps de Méduse, une note de musique qui s'allume à leurs mouvements. Elle plonge dans les graves profonds, remonte la stridence des sons, implore les yeux de tous les êtres d'écailles, ceux tournant des phares esseulés, la cécité des rochers sous les bandeaux de l'écume, les pins, les eucalyptus dressés au ras de précipices comme des mages psalmodiant au vent leurs prières autistes... Personne ne sait lui dire où trouver son nomade, ni le bord du désert.

– Zid! Zid! Zid! Continue! Continue! Continue! supplie Nora.

Méduse boit la mer en cherchant, manque d'exploser de trop-plein d'eau. À bout de souffle, elle s'écrase en surface, siphonnée, regarde tout ce bleu de malheur qui monte, tombe et l'étrangle.

Agacées, les vagues se mettent à gronder : « Toi, la goutte, tes coups de cœur pour les piques, pour tous les exotiques sont pure folie, pire, un suicide. Tu manques trop de consistance pour te frotter à ceux-là. Va te faire déshydrater la frustration. Il y a, paraît-il, un poisson-lune, venu des eaux froides, qui est passé maître en la matière. » Son amie la baleine lui répète encore : « Hé, la minuscule, la presque invisible, tu me fatigues avec des excentricités et des excès que moi, l'énormité, je n'oserai jamais! Arrête de faire le plastique flottant. La mer déteste ça. Elle risque de se fâcher et d'aller te vomir, toute mazoutée, à la gueule de la terre. Viens donc dans ma bouche. Je vais te projeter si haut dans les airs que tu en verras mille arcs-en-ciel. Ça te déchargera peut-être les démangeaisons. »

Écœurée, Méduse s'enfuit, file les milles marins en se demandant sur quelle rive elle a entendu cette maxime qui lui frise la phosphorescence : « Gardez-moi de mes amis. Mes ennemis, je m'en charge. » Évitant toutes les embûches, elle parvient éreintée au détroit de Gibraltar. Elle veut attendre là, à la croisée des eaux et des vents, entre leurs étreintes et leurs déchirements, entre les espoirs écartelés des terres, dans l'appel d'une autre traversée. « Ici, j'entends mieux toutes les musiques. Ici, je sens tous les déserts. Il va revenir, le luth des sables, zapper les rivages et les courants. Sinon, tant pis pour lui. Ils sont nombreux à passer par ici ceux que l'enfance garde dans son chant, ceux qui perçoivent les prismes et les tangentes des détroits. Il s'en trouvera bien un, des plus sensibles, pour venir admirer de plus près mes diffractions. »

Les gouaches bleues, les portraits de Jamil, de Jean, de Loïc, les perditions de la méduse ont occupé la soirée puis toute la nuit. À l'aube, Nora lève les yeux sur une eau de nacre. Un ban de méduses flotte autour du bateau :

« J'hallucine ! Il faut que j'aille me dormir les yeux. »

XII

Le corps froissé, les yeux brûlants, Nora éteint ses feux de route et s'octroie un petit déjeuner en admirant le lever du soleil. Puis, elle se décide à virer le génois, qui ne sert plus à rien, et borde au plus serré la grand-voile. Après un bref regard jeté vers le haut des haubans pour s'assurer que l'écho radar est bien en place, elle gagne l'intérieur du bateau, s'affale sur l'une des banquettes du carré, fauchée par l'épuisement.

Lorsque Nora se réveille, l'après-midi est bien entamé, la mer est blanche d'ennui. L'excès de lumière joint à la canicule et au manque d'air ne lui laissent plus aucun refuge, aucune échappatoire à la léthargie. Pas même le souvenir bleu de ses profondeurs. Le soleil a dévoré l'ombre des voiles. La fournaise aveugle les pupilles.

La VHF crachote par moments sans rien émettre. Nora vérifie son cap, relève le nombre de milles parcourus. Elle ne devrait pas tarder à apercevoir la côte sarde. Le temps de prendre un bain, de manger une salade, un rouge-gorge s'est posé sur le pont. Nora lui sourit, lève la tête, scrute l'horizon encore vide, s'adresse à l'oiseau en riant :

– Tu as perdu la tête toi aussi ? Ne t'inquiète pas. C'est

très bon, crois-moi... Non ? Qu'as-tu fui, toi ? Simplement décidé de te payer un voyage solitaire ? Tu as raison... Un conseil, continue à ne pas répondre aux questions. Les plus anodines t'apprivoisent. C'est comme ça que commencent tous les enfermements. Mais tu as le poil un peu hirsute, mon ami, et tu trembles comme un traqué. Tu devrais prendre le temps de te reposer.

Nora se lève lentement pour ne pas l'effrayer, rentre dans le bateau, fouille dans ses réserves alimentaires, trouve des céréales, en remplit une coupelle, verse de l'eau dans une autre et, tout aussi doucement, les glisse sur le rouf, dans la direction de l'oiseau.

Bientôt, autre indice de l'approche de la terre, l'odeur du maquis remplit ses narines. Nora la hume avec bonheur :

« *La Corse !* »

Seule la Corse a cette senteur si capiteuse qu'elle diffuse très loin et embaume des milles et des milles marins quand la brise la traverse. Nora s'en souvient.

La surface de la mer se ride à présent et la girouette pointe le nord-ouest. L'inquiétude d'avoir fait route un peu trop au nord assaille Nora. Elle la chasse aussitôt. Elle avait mis le cap sur Nord Sardaigne pour éviter les eaux territoriales françaises. Sa dérive ne peut être importante. Elle n'a pas subi de vent violent. Elle déroule le génois. À son claquement, l'oiseau vole de deux mètres, se perche sur le ridoir opposé. Nora arrête le moteur et se laisse aller à savourer le silence parfumé. L'oiseau revient vers les coupelles, s'ébroue et se met à boire et à picorer.

Soudain, des voix italiennes explosent le silence, se répondent à travers la VHF. L'oiseau recule d'un bond sur le rouf, ébouriffé. Postée en vigie auprès de la barre, Nora finit par distinguer des silhouettes fantomatiques de montagnes dans les vapeurs de la chaleur. L'émotion lui étreint la gorge. Elle sait qu'en nomade des eaux elle aime autant les départs que les arrivées, les fuites que les retours, quand la mer, ses vents et ses lumières ont bercé la peine, quand la Méditerranée tout entière devient un immense cœur qui bat entre les rives de sa sensibilité.

Les souvenirs continuent d'affluer. Nora s'ébroue pour ne pas se laisser submerger, cherche l'oiseau des yeux, tourne sur elle-même, ne le voit pas. Elle reporte son regard droit devant. Les superpositions des montagnes et de leurs contreforts découpent des dégradés de pourpres, de violines et de bleus enguirlandés de brumes qui dégringolent dans une mer de mercure.

Le cœur chaviré, Nora saute sur le téléphone. Il a retrouvé une tonalité. Elle cherche le numéro de Jamil en Algérie, le compose plusieurs fois sans obtenir de ligne. Elle sait que c'est souvent ainsi. Elle tente celui de Loïc. À présent, c'est lui qui est dans la mi-temps des eaux, loin de tous les relais.

Elle appelle Zana, entend aussitôt :

– Alou !

– Zana...

– Ghoula, tu veux me tuer ? Tu m'envoies balader le téléphone, sans bonsoir ni rien et tu appelles plus. Tu es toute bizarre dans ta mer. On dirait kiffée. La police qui vient me voir ce matin…

Nora coupe la plainte :

– Les flics ? Qu'est-ce qu'ils voulaient ?

– Savoir si je connais Jean Rolla, où tu étais.

Elle prononce *si je conni… où titi*.

– Qu'est-ce que tu as répondu ?

– La *viriti*. Que j'ai vu une seule fois Jean Rolla. Que toi, tu es en bateau, comme toujours. Nora, dis-moi la *viriti*, qu'est-ce qui s'est passé ? J'ai peur pour toi. Je regarde la télévision. Y a rien de nouveau.

Le souffle coupé, Nora met un moment à se ressaisir et à interrompre de nouveau le flot des jérémiades de Zana :

– Arrête, arrête, Zana. Calme-toi et raconte-moi. Les policiers, qu'est-ce qu'ils…

Zana lui coupe la parole avec exaspération :

– Je leur ai demandé : « Qu'est-ce qu'il a Jean Rolla ? Il a été kidnappé ? » Ils ont dit « Non, non. Un de ces jours, il va certainement retourner chercher ses affaires à l'hôtel. Lui, il a beaucoup d'amis en Algérie. Il doit être en train de se promener, de faire la fête. » J'ai dit que tu as téléphoné de la mer. Que tu es pas partie avec Jean Rolla. Alors ils ont dit : « Bon, tant mieux. » Et ils sont partis. Mais moi, ça m'a coupé les jambes. J'ai pas pu aller au salon de thé. J'ai envoyé Rachid. Il va me faire un de ces trafics, lui aussi.

Nora réalise bêtement :

– Ah oui ! le salon de thé… Non, non, Rachid va s'en occuper comme un chef. Il ne fait plus de bêtises maintenant, Rachid…

— Y a l'aute qui te cherchait de l'Algérie, inquiet lui aussi.

— Jamil ? ! Il allait bien ?

— Enfin, inquiet, qu'il dit. Il sait pas où il est l'aute. Il a fait ouf quand j'ai dit que tu es dans la mer. Mais le ciel peut tomber, lui, il joue sa musique ce soir.

Ces nouvelles enchantent Nora. Elle inspire profondément avant d'ajouter :

— Zana, note mon numéro de portable. Jamil ne l'a pas. Donne-le-lui, s'il te plaît, s'il rappelait. Sinon, nous aurons un problème de rendez-vous.

— Jamil, Jamil, le problème de rendez-vous avec lui c'est toute ta vie ! Celoui-là, je me ferai tatouer la tîte pour que tu l'es plus dans la peau. Depuis dix ans qu'il te fait tourner la mer comme un derviche. Pourquoi tu es pas amoureuse de Jean Rolla ? Pourquoi tu me fais pas un mariage et des zenfants ?

— Parce qu'aucun de nous trois n'est normal. En tout cas pas dans le sens où toi tu l'entends. Mais je croyais que tu n'appréciais pas Jean ?

— Non ! C'est juste pour moquer, gentille, tout ce qu'il sait sur tout. Même que dans mes prières je demande à Allah qu'il lui arrive rien de mal et qu'Il te marie avec lui.

Nora part d'un rire nerveux :

— Concentre-toi sur la première partie de ta prière. Si tu en fais deux, Allah risque de ne pas avoir la patience de t'écouter. Zana, le téléphone ne marche pas en pleine mer. C'est pour ça que je n'ai pas pu te joindre. Mais tu peux toujours me laisser un message.

186

– Ça, je sais pas les messages, moi. Je sais pas parler à la voix de l'électricité.

Nora prononce son numéro chiffre par chiffre. Zana transcrit avec application. Elle ne sait écrire que les chiffres et son prénom.

– Bon, va au salon. Ne reste pas là à te morfondre. Je ne vais pas pouvoir te joindre pendant deux ou trois jours. Je serai entre la Sardaigne et le nord de l'Espagne. Alors, à plus tard, ne t'inquiète pas. Boussa.

– D'accord, boussa, Ghoula.

Nora est arrivée droit sur les bouches de Bonifacio. Elle a bénéficié de la brise, toujours plus forte en fin de journée, pour les traverser rapidement en rasant la côte sarde, l'oreille attentive à la VHF à présent assiégée par une multitude d'appels entre bateaux.

Au crépuscule, Nora laisse le golfe d'Asinara à bâbord, l'intense navigation des bouches derrière elle, pour retrouver la pleine mer. Elle dispose de nouveau de trois jours de navigation, d'un long tête-à-tête encore avec sa méduse et la mer avant de retoucher terre. La VHF se calme puis se tait. Un courant sud-est porte tranquillement le voilier. La météo marine prévoit son renforcement dans quarante-huit heures. Nora rend grâce à Éole. Son souffle la dispense du souci des réserves en fuel.

Dans l'après-midi du troisième jour, Nora aperçoit et reconnaît avec soulagement les coupoles jumelles de

Puig Paní qui surplombent Cadaqués. Après un violent orage essuyé à l'aube, le vent n'a cessé de forcir. Le ciel est resté couvert. À présent, la mer écume et déferle avec un boucan impressionnant. Nora a dû réduire progressivement sa voilure pour ne garder qu'un mouchoir du génois. Mais le bateau tangue sans trop taper. Des montagnes d'eau lui arrivent dans le dos, le soulèvent, emballent l'hélice et le propulsent dans un tonnerre de rafales et de sifflements. La mer gronde et fouette Nora.

Ivre de bourrasques, les bras tétanisés sur la barre, Nora regarde la silhouette du cap Creus s'approcher. C'est comme ça qu'elle le préfère, son « *Horn de Méditerranée* », d'une majesté rendue encore plus austère par les rugissements du vent et les éclats de la mer. Et toute la mécanique du corps, depuis des jours vissé par ce seul but, se met tout à coup à renâcler comme une bête de somme au bord de l'écroulement. Nora arrache un pied, puis l'autre, soudés comme des crampons à la paroi du bateau, bouge les orteils, un genou, une cuisse, sent leurs courbatures, leur poids de lassitude. Accrochée à la barre, les pieds de nouveau plantés au ras de la banquette opposée, Nora offre son visage à la fureur de la mer avec bonheur. Tous les nomades connaissent cette ivresse, tendue entre joie et douleur, entre deux aspirations divergentes : la disparition et la renaissance. Avec ses lumières pompières et ses murmures trompeurs, la mer infantilise les marins. Les promesses de ses bleus les aspirent. Ses mirages les inspirent. Ils s'y jettent comme s'ils se précipitaient dans le vide avec parfois l'envie de se perdre, de tout perdre.

Mais la mémoire les tient aux pattes et aux nerfs comme des marionnettes. Elle peut les rembobiner quand elle veut pour les recracher dans leurs désillusions. Au moment même où ils croient braver, en héros, et la mémoire et la mer, ils ne sont guère que des zombies qui parlent aux baleines, aux méduses et aux oiseaux égarés. Des gueux, sans terre.

Sur le dernier dessin, la veille au soir, Méduse apostrophait Nora ainsi : « Hé ! La Miette, tu me ramasses et me jettes sur ton chemin comme une goutte. T'as l'air d'un Petit Poucet de la mer qui ne sait pas encore s'il a vraiment envie de regagner un port. »

Par vent de sud-est, des rouleaux monstrueux viennent mourir sur la plage de Cadaqués, à la limite des bistrots et des maisons. Nora le sait. Elle sait aussi qu'en revanche la crique juste au nord, Portlligat, offre le plus sûr des mouillages de la côte. Un chapelet de collines pelées l'enserre et défend le calme de ses eaux d'où que viennent les coups de mer.

Nora y jette l'ancre avec une grande longueur de chaîne, observe un court instant la rotation du voilier, admire le cirque des collines en massant ses membres. Puis, sans prendre le temps d'un bain, elle gonfle son annexe, la met à l'eau, installe le moteur.

Évitant la tentation des couchettes, Nora se précipite dans la cabine de bain et se regarde. Les cheveux crépus par le sel, le teint buriné, le regard brûlant, elle paraît en pleine forme malgré la fatigue. La trace de l'hématome se réduit maintenant à un tatouage vert et jaune qui court du haut du front au lobe de l'oreille, à la racine des cheveux. Nora sourit au souvenir de la phrase de Zana : « Je me ferai tatouer la tîte pour que tu l'es plus dans la peau », et balbutie : « Zana, ma tête tatouée le réclame encore ! » Nora actionne la pompe de la douche, se lave, se frictionne. Après un coup de brosse dans les cheveux, elle s'empare des clefs au nom de « Solénara », les fourre dans son sac avec le téléphone, ferme le voilier et saute dans l'annexe. Elle abandonne celle-ci devant la maison de Dalí sans un regard particulier pour l'illustre demeure.

La chaleur monte du sol et tombe du ciel, lui fond dessus et lui plombe les jambes. Le contour du seul hôtel de la crique, le raidillon qui longe le jardin de Dalí, les murets, les oliviers, la chapelle en haut de la côte et son petit cimetière balisent le trajet qui dévale tout de suite dans Cadaqués. La tête encore hantée par le vent, le corps encore au labour de la houle, Nora avance d'un pas saccadé. Arrivée en bas du village, face à la mer, elle emprunte la rive gauche et se hâte, aveugle au reste. La route, le trottoir dallé qui la borde, serpentent en longeant une alternance de criques minus-cules où dorment quelques barques et des falaises à pic dans le fracas des eaux. Au bord d'un rocher à l'extrémité de la baie, une petite maison nichée dans la rumeur de pins, hantée par le bruit des vagues... Nora s'arrête en frémissant, lit la plaque à l'entrée. Elle porte l'inscription « Solénara ». Le cœur battant, Nora fouille dans son sac, trouve les clefs, introduit la plus grosse dans la serrure et la tourne. Le bruit de la porte qui se déverrouille déclenche une avalanche de sensations et de sentiments. Nora referme derrière elle, traverse le jardin. Ses narines aux aguets reconnaissent l'odeur entêtante du galant-de-nuit, celle poivrée des lantanas, âpre, des pins mêlées à l'iode des embruns.

L'autre clef, l'autre porte, la pénombre de l'intérieur, striée par la lumière qui filtre à travers les persiennes, les murs chaulés sur lesquels éclatent des aquarelles de Cadaqués, de Portlligat et du cap Creus dans toutes les fulgurances de leurs lumières. Et derrière les vitres, le chahut des pins dans le grondement de la mer. Comme une somnambule, Nora se dirige vers sa chambre, ouvre les persiennes sur la mer, écoute, regarde et respire avec une volupté anxieuse. Elle ne s'est jamais sentie autant chez elle que dans cette maison louée, ce lieu d'adoption. Elle a aimé Cadaqués d'abord parce qu'elle l'a découvert par la mer. Elle quittait le bateau au mouillage pour aller arpenter les rues escarpées, sentir leurs dalles ou leurs galets sous ses espadrilles, guetter les jardins clos, saisir des bribes de phrases, un couplet de chanson, des notes de tango, de flamenco. Lorsqu'elle avait fini de quadriller le village venelle par venelle, une bouteille d'eau dans un sac à dos, elle empruntait le chemin qui borde les falaises de Portlligat jusqu'au cap Creus. Puis, elle s'en retournait, fourbue, au voilier à l'ancre dans la baie. Le panorama de Cadaqués en face d'elle, elle prenait ses pinceaux et travaillait ses sensations aux couleurs offertes. C'est ici qu'elle s'est laissée aller à l'infidélité à la caricature et au dessin pour s'attaquer à la peinture. C'est dans cet

191

interstice entre rocailles et eau que la nature lui est
enfin devenue une source d'inspiration aussi. Bien avant,
longtemps avant d'aimer Jamil, ici.

À chaque retour, Nora ne peut s'empêcher de repen-
ser à la première arrivée. La grisaille de Paris avait bavé
sur ses pages blanches, lui avait moisi le corps. Son
corps muet depuis la mort de son père s'était soudain
mis à se broyer. Elle passait ses nuits aux toilettes.
Regarder les égouts dans le blanc de la cuvette ne lui
hypnotisait pas les entrailles. Elle continuait à se tordre
de douleur. Dans la pluie de Paris, pendant ses insomnies, les visions de la Méditerranée en février la han-
taient. Elle avait dans les yeux la neige des fleurs sur
les troncs noirs des lauriers-tins et des amandiers. Les
confettis de leurs pétales sur les rocailles. Le jaune des
mimosas, leurs bouquets comme une explosion de sève
cristallisée. La tiédeur du soleil dans les reins, le souffle
de la mer au visage... L'été au printemps, le hors saison
en hiver. Les déraisons sans qualificatif de cette mer.
Sa folie sur le mode majeur de la lumière. Nora était
malade du besoin d'y être, de la voir.

« *Un matin, la crainte d'un cancer m'a enfin décidée à
consulter un gastro-entérologue. Sa première question
a été : "D'où êtes-vous originaire ?" Je suis si habituée à
cette question que souvent je la lis dans les yeux sans
même qu'elle soit formulée. Pour moi, l'exil n'a rien à
voir avec aucune terre. Il n'est que dans ce regard-là. Ce
regard qui dit : "Tu n'es pas d'ici", qui renvoie toujours
vers un ailleurs supposé être le nôtre, unique surtout. Oui
unique. Même si l'on est, comme moi, une bâtarde de*

N'ZID

trois terres. *Autant dire une enfant de nulle part. Mais ça, ce n'est pas permis. On est sommé de se déterminer, de pleurer les racines et l'exil ou de montrer du zèle à se planter comme pieu quelque part. Ne pas décliner une appartenance rend suspect, coupable de rejet. Le comble! Le regard du médecin me le signifiait. Ses précautions langagières supposaient que c'était là le mal qui me dévorait l'intérieur. Mais il tenait tout de même à me zyeuter le fin fond des intestins pour s'en assurer. La plupart des toubibs sont comme ça. La médecine n'étant pas une science exacte, ils ont besoin d'assurances absolues à n'importe quel prix. Mon dû : coloscopie et gastroscopie. Deux tubes, deux yeux de serpent à la bouche et au derrière. Conclusion des intrusions : j'étais une irritation de la gorge à l'anus. Je me suis sauvée comme devant les tambours de la blanchisserie gueulant l'infection de l'eczéma de l'enfance. Dehors, j'ai jeté les ordonnances à la première poubelle.*

« *Deux jeans et deux jupes fourrés dans un sac à dos, mon attirail à dessin dans des envies de mer, j'ai pris la route vers la Bleue. C'était ça, ma maladie, le manque de soleil et de mer. La terre n'y était pour rien. Maintenant, quand ça me reprend, je plante tout pour débouler en sens inverse des saumons. Je retourne à la mer. Pas pour mourir comme les saumons lorsqu'ils retrouvent enfin leur source de naissance. Pour voir, boire tous ses bleus, rêver ses garrigues, dissoudre les frontières, couvrir les lézardes des pierres et entendre l'oiseau, la feuille et le poète dans le murmure de l'eau. Pour vider la peau du caquet de la tripaille, la regonfler, la remettre à flot*

193

comme ma méduse. La mer m'accueille sans me rejeter. L'autre côté c'est encore elle. »

Après le départ de *Galway* du hangar, Nora avait pris des cours de voile en Bretagne, s'était abonnée à des revues nautiques, était devenue incollable en la matière. Plus tard, quand ses finances le lui avaient permis, elle s'était mise à louer un petit voilier en Méditerranée avant l'achat de *Tramontane*.

Mais c'est de sa rencontre avec Jamil que lui est venu ce goût pour une maison à Cadaqués. La frontière française à peine franchie, là juste derrière le « Créous », dans un pays pourtant plus proche géographiquement de l'Algérie, Jamil trouve refuge contre les lamentos, les amalgames ou la vindicte que déchaîne son pays. C'est là qu'il vient se décharger de l'exaspération qui l'enferme en France, et faire parler son luth, seul face à la mer. Sa colère tourne dans la maison, dans le bruit de la mer et entête Nora : « Paris m'épuise plus qu'Alger. Même les rencontres littéraires ou artistiques tournent, au bout de trois paroles, en pseudo-débats politiques. Affronter pendant des années les mêmes clichés sur l'Algérie... Un ghetto violent. Nos créations ne sont que des prétextes aux élucubrations ou vociférations sur le pays. C'est la meilleure façon de continuer à nous nier. La gauche s'encouscousse et réclame encore et encore nos peurs et l'Islam... seulement ça. Allah est grand. Sinon, gare au seuil de tolérance. Mais on nous somme de nous exécuter dans une "langue blanche" ou avec une musique formatée, juste assez v.o. pour la larme de nostalgie ou l'émoi de l'exotisme. On nous voudrait post-colonisés iridiés, déposés au pavillon Jules-Ferry, au centre de la cacophonie sur la francophonie. Ici comme là-bas, il nous faut encore résister, rester déviants. Intégristes de tout poil ou plume... Qu'on me lâche l'ADN, la mélanine et l'envie. Je n'en peux plus du diktat des petits marquis. Les ailleurs, les langues étrangères me reposent, me rendent à moi-même par une réelle écoute de ma musique, de mon errance. »

Nora sourit au souvenir de cette charge, à ceux de tant d'autres discussions sur les identités, les menaces de « blanchissement », les mémoires écartelées qu'ici la mer apaise même quand les vents piaulent et qu'elle se fracasse sur le « Créous ».

n'ai pas pu t'avoir au bout du fil à Syracuse. Mais j'ai été heureux de savoir que *L'Aimée* était là! Ce qui m'avait paru une mesure de prudence excessive nous a sauvé la peau à toi et moi. En avril dernier, quand tu m'avais prêté le bateau, j'avais fabriqué un double fond dans le coffre arrière du cockpit. En quittant Athènes, c'est là que j'ai planqué tes pièces d'identité et un document codé. S'ils l'avaient trouvé... Détruis-le! Tu ne risqueras plus rien et me préserveras un moyen de pression sur eux... J'espère pouvoir me racheter à tes yeux. J'ai laissé cent mille francs sur ton bateau. Ils sont à toi s'il m'arrivait des noises ici. Je t'embrasse. J. »

Malgré la fatigue, Nora dévale de nouveau l'escalier, ferme la maison, se dépêche. À peine arrivée sur le bateau, elle ouvre le coffre du cockpit, en sort les cordages, les gilets de sauvetage, les jerrycans et descend dans le coffre. D'une balance des pieds, elle fait basculer le plancher, parvient à décoller la plaque de résine, impeccablement ajustée, qui cache le double fond. En la retirant, elle aperçoit une grosse enveloppe scotchée dans des sachets en plastique qu'elle déchire. Ses papiers d'identité, son chéquier, sa carte bleue... tout est là. Là aussi, des documents, des plans apparemment, sans aucune indication de lieu ni de relief. Des chiffres, des lettres et de curieux petits signes représentent les seules annotations. La tête vide, tremblant de lassitude et d'effroi, Nora dirige son briquet sur un angle du document et clique. Lorsque la flamme lui lèche les doigts, elle le dépose sur l'une des rames, le laisse finir de brûler avant de plonger la rame dans l'eau :

« *Comment a-t-il pu faire ça ?!* »

Il n'y a pas de colère dans son intonation. Nora est trop harassée. Il n'y a même pas de consternation. Elle ne connaît que trop Jean Rolland. Elle sait que cet original génial a une affection particulière pour les truands. Il les trouve plus fréquentables que le monde policé. Les truands et les artistes, Nora le sait bien. Il dit qu'il puise à leur contact « un antidote contre l'ennui. Ce qui ne gâte rien ». Mais depuis quand a-t-il dérivé des truands aux tueurs ? Mains et menton appuyés à la rame, Nora regarde les papiers calcinés s'émietter puis se dissoudre dans l'eau. Sa pensée convoque, fouille les visages croisés dans la maison de Jean Rolland ou dans sa galerie. Connaît-elle ceux qui l'ont aidé à basculer ?

Une maxime que Jean aime répéter lui revient à l'esprit : « La vie n'étant pas absolument nécessaire, il faut la traiter avec futilité. » Cet aphorisme ne traduit aucun pessimisme chez lui. Il vise plutôt à torpiller les lourdeurs et bouffissures, le pitoyable. Jean est un irréductible esthète. Quoi qu'il en soit, ni la tragédie ni la morale n'ont d'empire sur ce noceur. Sa fortune personnelle lui permet d'assouvir son hédonisme et son dandysme avec une insolence insouciante. C'est sans conteste ce qui fait parader autour de lui une nuée de chapardeurs de tout acabit. Du petit escroc au grand malfrat. Jean n'est pas dupe quant à la nature des sentiments qu'il peut susciter. Mais s'il s'amuse de la rapacité de quelques-uns, ce n'est pas non plus par cynisme. Il y trouve un réel divertissement et argue que « donner c'est d'abord se faire plaisir à soi-même » et qu'il préfère que son argent « aille à ceux-là plutôt qu'aux besogneux d'une morale ou d'une religion hypocritement bien-agissantes ».

Combien de fois ne s'est-il pas insurgé contre les boulots de commande auxquels Nora doit sacrifier par moments ? « Tu gaspilles ton talent ! » Nora lui rit au nez : « Moi, tu ne peux pas m'acheter. Je ne suis pas à vendre. Ne t'en déplaise, ma croûte, je veux me la tartiner aux couleurs de mes pinceaux ! » Jean fourrage sa tignasse châtain et du haut de sa stature massive lui lance de son ton toujours débonnaire : « Ce n'est pas ça qui va me donner des cheveux blancs. »

Nora sourit à ce souvenir : « *Il n'y a que l'Algérie pour lui faire virer la tonsure et le verbe, lui. J'espère qu'il va s'en tirer sans dégâts !* »

De retour à la maison, les signaux rouges d'un répondeur, posé sur la bibliothèque dans la chambre, captent son regard. Nora appuie sur un bouton, écoute la voix impersonnelle de l'appareil, sursaute à celle de Jamil :

« Nora, c'est Jamil. Mon concert, ioahou, un triomphe ! Je te raconterai. On est quoi ? Jeudi matin. Je reprends l'avion samedi pour Barcelone. On voit comment on fait ? Je passerais bien deux ou trois jours à Barcelone. Pas toi ? On se rappelle. Je te rappelle ! »

À cet instant, à cette voix-là, le poids qui mine sa poitrine depuis des jours s'envole et disparaît. Un sourire aux lèvres, Nora se dirige vers le placard de la chambre, en sort un luth, l'enlace, esquisse trois pas de danse en tournant, s'abat sur le lit.

Nora écoute le grondement de la mer. Elle entend le vent de sable. Elle voit Jamil. Elle le voit avec ses mots à lui. Elle voit avec sa voix. Elle voit sa détresse ce jour lointain où, de retour de l'école, il ne trouve pas son luth. Il est à peine sorti de l'enfance. Une tempête de sable s'est abattue sur le douar. Il cherche dans la maison. Il questionne la famille, les voisins. Il hurle, dérange tout ce monde seulement préoccupé à se calfeutrer contre le sable. Mais la poussière fuse à travers les planches des portes et des fenêtres branlantes ou disjointes, s'infiltre jusque dans les cheveux, dans la raie des fesses, dans les yeux et racle les gorges à les faire japper comme des chiens. Ce luth est le bien le plus précieux de Jamil. Il ne l'a que depuis deux mois. Auparavant, des années de crises de rage n'avaient pas réussi à entamer le refus de ses parents de lui acheter cet instrument, persuadés qu'ils étaient que ce serait encourager sa perdition. En désespoir de cause, il ne resta plus à Jamil que la grève de la faim et de l'école. Mais ce recours extrême n'était plus un stratagème. L'intolérance des siens jointe à son tempérament emporté avaient vraiment failli le faire périr. Ces moyens ultimes finirent par avoir raison de l'intransigeance de la tribu jusqu'alors liguée contre ses débordements. Mais depuis tous s'étaient mille fois vengés avec une rare cruauté en criant haro sur le vieillard solitaire qui l'avait initié à cet art.

N'ZID

Nora se tourne dans le lit, étreint le luth, le caresse, écoute la mer, entend le vent de sable. Elle voit cet enfant fou de douleur quitter le douar, courir vers son refuge préféré, le sommet de la dune. Elle voit sa silhouette d'elfe fantomatique dans les tornades de sable. Elle voit la palmeraie gommée, criblée par une tourmente plus opaque que la brume. Elle entend son rugissement pareil à celui d'un terrible incendie sous le souffle de la tramontane.

Parvenu sur la crête de la dune, à l'endroit même où il aimait se retirer pour s'exercer, Jamil découvre son luth brisé, disloqué comme un petit squelette exhumé par quelque chacal et que le vent s'emploie à réenterrer dans le giron des sables. Le garçon s'affale face contre dune et pleure son saoul. Le sable entreprend aussitôt de l'effacer à son tour. C'est là que le vent est le plus fort. C'est là qu'il écorche et déchire l'erg en cataractes rouges qui vont écumer, dévaster la palmeraie, abraser les corps, menacer les yeux. Jamil est long à sentir le poids du sable sur son dos, ses torsades qui moulent ses flancs, ses membres, sa tête. Ce n'est que lorsqu'il est sur le point d'être complètement recouvert qu'il parvient enfin à se bouger. Il se secoue et, un bras devant les yeux, l'autre enserrant des morceaux de son luth, dévale l'erg en direction de la dechra[1] de son maître de luth, Si Sallah.

Le chagrin de Jamil accable le vieil homme malade qui s'enroule autour de lui comme une momie et

1. *Dechra* : maison (pauvre) en boue séchée.

201

le berce. Puis, dépliant son grand corps décharné, Si Sallah se lève, va quérir son luth drapé d'un linge, posé dans un coin :

– Regarde. Il est à toi. Prends-en soin, il appartenait à mon grand-père, qui lui-même le tenait de son maître, l'illustre Hammadou. Il paraît qu'il est andalou. Il a fait le voyage de la mer, celui de plusieurs vies pour venir jusqu'ici, dans cet endroit perdu du désert. Il ne mérite pas ça. De surcroît, mes doigts font gémir ses cordes maintenant. Je ne peux pas lui infliger cette torture plus longtemps. Ce serait un sacrilège. C'est à toi de le faire vivre à présent. Ici, il ne pouvait mieux tomber. S'il te plaît, joue pour moi !

Les paupières écarquillées, perlées de larmes, Jamil n'en croit pas ses oreilles.

« Jamil vient de me raconter cette histoire, ici à Cadaqués, un soir de violente tramontane. Je n'ai pas encore loué « Solénara ». Nous sommes dans le bateau à l'ancre dans la crique. Je regarde longuement les photos qu'il me montre : la dune, la palmeraie, les maisons, sa bouille de gavroche d'une douzaine d'années, le défi de son regard. Puis, je laisse ces ailleurs devenus proches éparpillés là, sur la table du carré. Je me mets à peindre l'histoire. Comme ça ? Jamil est assis derrière moi, contre moi. Je sens son souffle dans mon cou. Il regarde par-dessus mon épaule et guide mon pinceau. Comme ça ? Je dessine tout depuis le début. Je dessine Jamil enfant là-bas au pied de sa dune. Je dessine les déferlantes rouges du vent de sable. Je dessine les palmiers, les maisons en terre

*du douar brouillées par leurs bouillonnements. C'est
comme un vieux film sépia piqué de grain. Et je pleure.
Je ne pleure pas la peine de Jamil enfant. Lui-même
en sourit maintenant. Ce souvenir est même le trésor de
son enfance. Je pleure de joie de pouvoir peindre ce
monde-là. Et surtout le vent de sable sur la mer, dans la
tramontane... Je pleure la joie du voyage dans ce vent-là.*

« *Comme ça ? Je dessine le luth cassé puis l'autre, celui
de Si Sallah. Celui-là, je l'ai sous les yeux. Il ne quitte
jamais plus Jamil. Je dessine Jamil et le vieil homme. Je
dessine leur veillée, le père de Jamil qui se pointe à la
porte et s'en va exaspéré. Comme ça ? Je dessine Jamil
et Si Sallah couchés par la nuit sur une pauvre natte,
le luth vénéré entre eux. Comme ça ? Je dessine Jamil
s'occupant du vieillard, partageant avec lui ses repas,
définitivement installé chez lui, jouant toujours. Et
toujours l'œil acéré de Si Sallah derrière les fumées de
son kif, le mouvement de sa tête au rythme du tempo, son
index braqué quand il intime : "Zid !", "Zid !" Quatre ans
plus tard, c'est encore la dernière injonction que Si Sallah
adressera à Jamil. Comme ça ? Je dessine encore ces
yeux-là attendant la promesse de l'élève avant de baisser
à jamais la fripe des paupières sur le vif du regard quand
Jamil acquiesce : "N'zid." Comme ça ? Je dessine le visage
baigné de larmes de Jamil, ses mains refermées sur celles
du vieillard, la ferveur de son serment qui adoucit la mort
esseulée de l'artiste.*

« *La voix de Jamil change toujours quand il parle
du désert, de son vent. Son français change, se charge
d'un étrange roulement. Il y a le vertige de ce vent sur*

l'immensité des sables dans cette langue-là. Les mots semblent entrer en transe aux tambours obsédants des dunes ou parfois obnubiler par un silence sauvage. Ce silence qui trempe le ciel et roussit les ergs et les regs à son fer. Il y a l'indicible du manque. Il y a des éloquences, des mémoires jamais fixées par écrit, restées dans l'errance de l'oralité. Il y a un tumulte de mots hantés qui se souviennent, grattent, dévorent, rauquent les cordes vocales dans cette parole-là. Quelque chose qui ressemble singulièrement à la langue éperdue de la mer. En plus âpre. Et je suis tellement bouleversée de cette rencontre, par cette traversée. »

Ce soir Jamil est avec Nora. Elle le retrouve enfin et se reconnaît complètement. Elle revoit toutes les autres aquarelles aux teintes, aux tons de sa voix. Elles retracent la terrible solitude de l'adolescence qui donne toute son ampleur à la perte de l'ami-maître. Reclus dans le logis de Si Sallah ou perché au sommet de l'erg, Jamil travaille le luth avec acharnement. Cette passion courbée sur l'instrument transforme peu à peu ce deuil et ceux qui vont suivre en œuvres de virtuose et la mélancolie en volupté. Ce sont ces compositions de jeunesse où la souffrance atteint puissance et maturité avec raffinement que Jamil a regroupées sous le titre générique de « N'zid ».

Nora a adopté la caricature pour accompagner les dissidences de Jamil, grossi le trait pour décrire les crocs des meutes successives de la rue, du lycée de

Béchar, noirci le pourtour de lieux ouverts à tout vent mais que la censure rend carcéraux. Les planches de Nora déclinent toutes les résistances de Jamil : ses retraits de la brutalité des jeux de garçons, le rejet de ceux-ci qui le traitent de femmelette, de pédé, les bras d'honneur qu'il leur adresse. Les conflits avec sa famille, avec les gens de son douar...

Les premières écoutes attentives, les premières reconnaissances collectives lui viennent d'abord du monde encore nomade, qu'il rejoint à chaque occasion. À chaque congé scolaire et durant tout l'enfer de l'été, Jamil prend l'habitude de se rallier à ces derniers réfractaires des temps anciens auprès desquels il retrouve un peu de sérénité. Quelques livres dans un sac en toile de jute, son luth en bandoulière, les idées et les cheveux en bataille, il s'en va dialoguer avec son luth face à leurs regards captivés, s'abreuver de leurs silences, se nourrir de leurs contes, de leurs récits de départs et d'arrivées, des angoisses de leurs interrogations sur leur devenir.

Et même si Jamil est tout à fait conscient que ses propres exigences et aspirations prennent là aussi un chemin divergent, du moins peut-il se retrouver enfin dans cette filiation qui, sautant la génération sclérosée de ses parents, lui restitue l'identité de ses ancêtres. Ce n'est pas rien ! Loin de toute mystification imbécile, auprès d'eux, Jamil peut se réapproprier le désert autrement et s'adonner à son art sans être inquiété.

Ensuite, la désespérance gagnant du terrain dans le pays, au point de devenir l'une des rares égalités insti-

identité multiple.

force qui pousse derrière. Elle aime les écarts et les retours de Jamil. Elle aime sa liberté sans concession qui grandit ses attachements. Elle l'aime comme ça. Elle l'aime pour ça.

Combien de fois Jamil lui a-t-il ressassé qu'issue de trois terres, elle, elle était au-delà de toute terre, dans une liberté plus grande, celle des mers, des airs et de la création ? Malgré la détermination qu'il met à l'en persuader, elle reste jalouse de cet amour de la patrie chevillé dans leur tréfonds, Jean Rolland et lui. Coup de foudre pour l'un, hasard de naissance pour l'autre, il est le même. Aussi puissant.

grand amour pour Jean-Rolland

Jamil ne peut regarder la mer ici sans penser à l'autre bord. Quand, fourbu par les tournées, tracassé par les affres du déracinement et meurtri par le drame de son pays, il vient se régénérer ici, il se précipite toujours vers le bout de la baie. Sautant de rocher en rocher au bord de l'eau, il finit toujours par tendre un bras vers le large. Deux doigts pointés en canon de fusil et, l'œil à demi fermé du tireur, il imite de la bouche une salve de balles. Dans cette charge imaginaire visant l'autre rive, il y a tout le désarroi et la rancœur d'un amour désemparé.

Les paupières lourdes de fatigue et de sommeil, Nora écoute la rumeur de la mer et sourit au souvenir de l'émotion que soulèvent en elle et en Jamil les tempêtes du Sud ici à Cadaqués ou à Montpellier quand l'air est moite et tiède, quand une pellicule de poussière rouge, venue des sables du désert, envahit les rives de la tramontane et bien au-delà.

La mer ronronne entre tramontane et siroco, s'enroule sur les rochers avec des confidences d'écume et rêve aux mamelons plantureux de l'erg. Le luth dans les bras, les pièces d'identité éparpillées autour de son visage, Nora s'endort enfin à son chant.

Le lendemain, lorsque Nora se réveille, la mer n'est plus démontée. Mais une longue houle vient encore lécher les rochers. Il a dû y avoir un autre orage dans la nuit. L'odeur de terre mouillée monte dans la chaleur du matin, saturée par les parfums des jardins et des résineux. Nora la respire, fait du café, trouve des biscuits secs et va déjeuner sur la terrasse, face à la mer.

« Aujourd'hui, farniente. Jamil va rappeler. Je lui donnerai rendez-vous dans le port de Barcelone. En fin d'après-midi, j'irai changer le nom du bateau. Je remettrai ma Tramontane. »

Nora et Jamil aiment Barcelone. Ils aiment particulièrement y arriver en voilier, s'amarrer au pied des Ramblas, étancher leur soif avec les orchatas glacées dans la torpeur de l'après-midi et achever la nuit par du xérès sec au milieu des palabres des bodégas.

Les yeux accrochés au large, Nora pense à Loïc :

« Il doit être en Corse. Il faut que je lui raconte. »

Elle s'en va quérir le portable, se rend compte qu'elle l'avait laissé éteint. Deux messages l'attendent. La voix laconique de Loïc y répète : « Appelle-moi ! », avec une pointe d'impatience. Nora compose son numéro, il décroche aussitôt :

– Il te sert à quoi ce foutu machin, si tu ne l'utilises jamais !

Sa voix furieuse la remplit de joie. Le ton de Loïc passe de la colère au rire :

– Où es-tu ?

– Dans « Solénara ». La vie est belle !

– « Solénara » ? Kézaco ?

– Une maison que je loue à Cadaqués.

– Ah bon ! Dans quel endroit du village ?

– Tu connais Cadaqués ?

– Bien sûr.

Nora lui indique l'emplacement de sa maison :

– Et toi, où es-tu ?

– À Ajaccio.

– Tu sais, j'ai trouvé...

– Non, ne dis rien, je te rappelle dans un moment. Le temps de trouver une cabine. Moi aussi, j'ai quelque chose à t'apprendre.

Nora l'imagine quittant *L'Inutile*, se demande si la recherche d'une cabine relève d'un souci d'économie ou de prudence. Connaissant son caractère, elle opte pour la seconde mesure. Son injonction, « Non, ne dis rien », la conforte dans cette opinion, un peu excessive à son idée. En attendant qu'il rappelle, Nora se douche en vitesse. Elle est en train d'enfiler une robe lorsque la sonnette de la porte la fait sursauter :

– Toi ! Tu es arrivé dans la nuit ?

La mine plus hermétique que jamais, Loïc se tient devant la grille du jardin :

– Dis donc ! tu es vachement belle sans gangrène

au visage... Mais tu as l'intention de me laisser là longtemps ?

Nora dégringole l'escalier, lui ouvre, lui fait la bise :

– Tu es un vrai démon. Pourquoi tu ne m'as pas dit que tu me suivais ?

– Je suis arrivé juste avant la tombée de la nuit. Je ne t'ai pas aperçue sur le pont. Le bateau était fermé, le téléphone éteint, bien sûr. Je ne savais pas quoi en penser. Puis la fatigue et le sommeil m'ont terrassé. Ce matin, à la vue du bateau toujours fermé, je suis parti à la recherche de ton annexe au bord de la crique. J'ai cru que j'allais avoir une syncope quand j'en ai découvert une au nom de *Tramontane* qui se dandinait avec insolence sur l'eau. J'ai espéré une coïncidence. Après tout, ce nom dans cette région... J'ai continué à chercher *L'Aimée*. Que dalle. C'est malin !

Nora avoue :

– Je n'y ai pas pensé un instant. Je ne m'en suis même pas aperçue en la gonflant, hier. Je n'ai pas eu à m'en servir auparavant. Elle était restée pliée.

Elle hausse les épaules, lui tend une tasse de café et l'observe avec circonspection :

« *Pourquoi fait-il tout ça ?* »

Comme s'il avait deviné ses pensées, Loïc explique :

– Un vrai marin peut ne pas saluer en mer. Mais il se détourne toujours quand un autre est en danger. Je t'ai laissée à ta traversée tout en restant à la portée de ta VHF au cas où... Je n'ai plus entendu d'appel à *Tramontane*. Les autres ont dû rester par là-bas ou même rebrousser chemin. Je pensais que cette traversée t'était nécessaire pour te retrouver. Mais au fur et à mesure j'ai acquis une conviction qui me donne des sueurs froides.

– Laquelle?

– Il y a quelque chose sur le bateau que tu n'as pas trouvé ou que tu es incapable de voir et qui pourrait te mettre en péril. Plus j'y pensais, plus j'étais persuadé que les gueules de durs que j'ai croisées ne pouvaient pas sillonner la mer seulement pour quelques poignées de billets. Dans ton état, je ne pouvais plus t'abandonner avec ce risque-là. De jour, je réduisais un peu la voilure pour te laisser en paix. La nuit, en la larguant toute, j'apercevais tes feux à la jumelle… Laisse-moi fouiller le bateau. Je veux fouiller ce bateau!

Émue, Nora lui raconte la lettre de Jean, le document, le reflux de la mémoire.

– Et qu'est-ce qui s'est passé en mer?

– Ce moment-là reste encore un trou noir… Je me souviens que j'avais pris l'avion pour Athènes quatre jours avant Jean. Une affaire le retenait à Paris. J'ai sorti le bateau de l'eau pour le caréner, l'apprêter pour le voyage. Je devais accompagner Jean en Tunisie puis gagner Syracuse, où Jamil avait prévu de me rejoindre. J'ignorais totalement ce que tramait Jean… Je nous vois quitter Athènes, le canal de Corinthe, longer le Péloponnèse. Après, plus rien… Jusqu'à mon réveil.

Son récit laisse Loïc songeur. Nora se lève et dit:

– Il faut que j'aille acheter les journaux.

– Les kiosques étaient fermés quand je suis passé tout à l'heure.

– Ils doivent être ouverts maintenant. On y va ?

Encore sonné par ce qu'il vient d'apprendre, Loïc marche auprès de Nora sans mot dire. Au bout de quelques pas, il enfonce les mains dans les poches, lève le nez en l'air :

– Parle-moi encore de ces deux lascars. Comment sont-ils ?

Nora lève un pouce :

– Comme ça !

Loïc hoche la tête avec une moue sceptique. Nora le regarde de côté avec l'envie de lui retourner : « Parle-moi de toi. » Mais elle sait qu'il n'en fera rien. Quelle peine, quel refus, quels échecs verrouillent le visage et le verbe de cet échalas ? Lorsqu'ils ne s'abîment pas dans une sombre méditation, ses yeux passent de l'ironie à la détresse. La crispation des mâchoires tenaille en permanence ses traits. Il prétend vouloir fuir les hommes et leur terre mais se charge des tracas du premier inconnu rencontré et court les eaux à son secours. Il a le verbe et le regard pointus, le visage pointu, le corps pointu. Il est sec comme un long *i* que le moindre revers suffirait à casser.

« *La mer pourra-t-elle blanchir ses anomalies et le sauver ? Il est né esquinté. Une histoire de ratages depuis l'ectoderme.* »

Un grand panneau de presse se dresse au milieu de la poterie, de la vannerie et de toute une quincaillerie pour touristes. Nora cherche des yeux les quotidiens français. Un titre la foudroie avant qu'elle ne saisisse le *this moment where she regains her whole memory.*

papier : « Le musicien algérien Jamil a été assassiné
jeudi en fin d'après-midi dans une maison sur la côte
près d'Oran en compagnie du Français Jean Rolland,
disparu en Algérie depuis une semaine. Il semble que le
musicien se rendait à un rendez-vous fixé par son ami
français lorsque sa voiture a été prise en filature sur
la corniche oranaise. La police algérienne... » Nora bascule. Les bras de Loïc la retiennent. Le hurlement muet
la reprend et ce poids ou ce vide écrasant la poitrine.
Elle voit quatre hommes armés sauter d'une vedette sur
Tramontane, se jeter sur elle et sur Jean. Elle voit
l'un d'eux s'écrier en la regardant : « Oh ! mais c'est la
diablesse qui dessine, la pute du musicien ! Je lui ferai
bien la peau à celui-là ! » Elle, elle n'entend pas le mot
« bien » et son projet hasardeux. Son esprit affolé ne
perçoit que le reste de la phrase : « Je lui ferai la peau à
celui-là ! » Elle se débat. L'un des hommes lui prend la
tête et la lui cogne comme un œuf contre un winch.
L'Algérie lui explose dans le crâne. Un ballottement
chaud, visqueux fige son esprit sur ce cauchemar : partout dans le silence de la mer et du désert, confondus,
des tueurs sont sur les traces de Jamil.

→ *drunk.*

Loïc a saoulé Nora pour tenter de l'anesthésier. Elle
a mis du temps à s'affaisser sur les oreillers de son lit.
À peine Loïc a-t-il le temps de s'installer sur la terrasse
de sa chambre qu'elle a réouvert les yeux. Les pupilles
dilatées ont retrouvé l'étrange fixité qu'il leur avait
connue au début.

De son lit, Nora peut voir la mer. Elle est d'un bleu

lisse, aveuglant. Dans son murmure étouffé, Nora entend les premiers râles d'une tempête de sable et le sanglot d'un luth brisé :

« *Il faut publier l'album sur Jamil.* »
- Qu'est-ce que tu veux faire ?
- N'zid.
- Tu ?... Tu veux aller en Algérie ?
- Pas tout de suite. Les tombes peuvent attendre. J'ai une autre mer à traverser. Je veux emmener *Tramontane* dans le Gulf Stream, à Galway. J'irai chercher le luth de Jamil plus tard. Je me rendrai au désert lorsque le silence sera revenu là.

D'une main lasse, elle caresse le tatouage vert de l'hématome qui souligne la racine de ses cheveux.

[Handwritten annotations:]

Jamil, Jean, sa mère.

→ la guerre terminée

les images :
la mer
désert
lutte de Jamil

"beginning she tried to hide, now she is proud"

titre : N'zid
↳ je continue ⎱
je venais ⎰ → à fin → elle doit survivre
elle continue de voyager.

« J » = Jean. hit Nora and put her on the boat to protect her
Escape Algeria.

Fin du Roman

Nora est au Barcelona
Loïc following her
Jean-Rolland et Jamil ont morts
    assassiné en Algérie

Zona = took care of Nora when
    her mother died. (before
                mem. loss)

RÉALISATION : PAO ÉDITIONS DU SEUIL
IMPRESSION : S.N. FIRMIN-DIDOT AU MESNIL-SUR-L'ESTRÉE
DÉPÔT LÉGAL : MARS 2001. N° 49136 (54755)